आखिरी पतझड़

विरल आर्य

Made with ❤ on the Notion Press Platform

www.notionpress.com

ओ. हेनरी को

दृश्य-क्रम

भूमिका

हर कहानी लिखे जाने का अपना एक सफ़र होता है, जो कई बार खुद लेखक की सोच से भी परे होता है। 'आखिरी पतझड़' लिखने का मेरा यह सफ़र भी कुछ ऐसा ही रहा है, साधारण पर मेरी सोच से परे।

स्कूल के दिनों में मैंने ओ. हेनरी की मशहूर कहानी 'द लास्ट लीफ' पढ़ी थी। पर तब यह सोचा नहीं था कि सालों बाद उस कहानी का असर मेरी किसी कहानी पर पड़ेगा। सच कहूँ तो, जब मैंने 'आखिरी पतझड़' का पहला ड्राफ्ट लिखा था, तब मैं खुद उससे संतुष्ट नहीं था। उसकी कहानी बहुत ही साधारण और सीधी थी, दो दोस्त और एक लड़की के इर्द-गिर्द घूमता एक आम-सा प्रेम त्रिकोण। उस पहले ड्राफ्ट में न तो वह 'आखिरी पत्ता' था, जो आज इस कहानी की जान है, और न ही रीता जैसा कोई किरदार। कहानी बस एक सपाट रास्ते पर चल रही थी।

फिर मेरी ज़िंदगी में एक ऐसा पल आया जिसने इस नाटक की दिशा बदल दी। मेरी बहन के नौवीं कक्षा के एग्ज़ाम सिर पर थे और 'द लास्ट लीफ' उसके अँग्रेज़ी के पाठ्यक्रम का एक बहुत महत्वपूर्ण चैप्टर था। उसने मुझसे मदद करने के लिए कहा कि मैं उसे कहानी समझा दूँ, और उसी बहाने... मैंने बरसों बाद एक बार फिर 'द लास्ट लीफ' को पढ़ा।

कुछ दिन बाद, जब मैं फिर से 'आखिरी पतझड़' का ड्राफ्ट लेकर बैठा, तो न जाने कैसे, वह आखिरी पत्ता अपने आप मेरी कहानी का हिस्सा बन गया। कहानी में एक नई जान आ गई थी

और ड्राफ्ट पहले से कहीं ज़्यादा गहरा और बेहतर हो गया था। लेकिन मेरा लेखक मन इतनी आसानी से कहाँ मानने वाला था। मुझे अब भी लग रहा था कि कहानी में अभी भी कुछ तो मिसिंग है।

और वह मिसिंग पीस था– रीता। जब मैं नाटक के तीसरे ड्राफ्ट में रीता के किरदार को लेकर आया, तो जैसे नाटक की पूरी कहानी का समीकरण ही बदल गया। रीता की मौजूदगी ने नाटक को न सिर्फ एक बेहतरीन रफ़्तार दी, बल्कि कहानी के क्लाइमैक्स को वह ठहराव भी दिया, जिसकी नाटक को सबसे ज़्यादा ज़रूरत थी।

भले ही इस नाटक की आत्मा में 'द लास्ट लीफ' का वह पत्ता धड़कता हो, पर यह कहानी मेरी है, इसके किरदार मेरे हैं। आशी का दर्द, लक्ष्य का समर्पण, इनेश की खामोशी और रीता का चुलबुलापन– यह सब मेरे अपने हैं।

उम्मीद है, 'आखिरी पतझड़' का यह सफ़र और मेरे ये किरदार आपके दिलों को भी उसी तरह छुएंगे, जैसे इन्होंने मुझे छुआ है।

मंच तैयार है... पर्दा उठने का इंतज़ार है।

– विरल आर्य

आभार

कोई भी कहानी या नाटक सिर्फ एक लेखक की कलम से जन्म नहीं लेता, बल्कि उसके आस-पास की ज़िंदगी, लोग और कुछ अनकहे पल मिलकर उसे पूरा करते हैं। 'आखिरी पतझड़' का यह सफ़र भी कुछ ऐसा ही रहा है, और इस सफ़र में जिन्होंने मेरा साथ दिया, मैं उन सबका हृदय से आभारी हूँ।

सर्वप्रथम आभार मित्र प्रवेश, संजीव और अजय का, जिनके अथक प्रयास और सहयोग से 'भाव आर्ट्स' (Bhaav Arts) की नींव पड़ी और मेरे लिखित नाटकों का मंचन संभव हो पाया।

मेरी बहनों– रागी, तनिष्का और नूपुर का आभार, जो हर कदम पर मेरे साथ खड़ी रहीं और जाने-अनजाने किसी न किसी तरह हमेशा मेरी मदद करती रहीं। जैसे रागी ने अनजाने में ही सही, मुझे 'द लास्ट लीफ' से दोबारा मिलवाया और इस नाटक को इसकी असली आत्मा सौंप दी। नूपुर ने नाटक के प्रथम मंचन में रीता के किरदार को मंच पर जीवंत किया और एक समय के बाद तनिष्का ने भी आशी के किरदार में जान फूँक दी; लगा जैसे यह किरदार उसी के लिए लिखा गया था।

सबसे विशेष आभार मेरी माँ श्रीमती पुष्पा देवी आर्य का, जिन्होंने न केवल मुझे जीवन दिया, बल्कि सदैव श्रेष्ठ सृजन के लिए प्रेरित भी किया।

एक लेखक के तौर पर मैं अपने किरदारों– आशी, लक्ष्य, इनेश और रीता–का भी शुक्रिया अदा करना चाहूँगा, जिन्होंने मेरे

ख्यालों में अपनी जगह बनाई, मुझसे संवाद किया और अपनी यह कहानी मुझसे लिखवाई।

उन सभी करीबियों और शुभचिंतकों का आभार जिन्होंने मुझे न केवल बेहतर लिखने के लिए प्रेरित किया बल्कि अपनी दुआएँ और आशीर्वाद भी दिया।

अंत में, उन सभी प्रतिभाशाली कलाकारों का आभार, जो 27 नवंबर, 2009 को पूर्व सांस्कृतिक केंद्र (PSK) लक्ष्मी नगर, दिल्ली में हुए इस नाटक के प्रथम मंचन का हिस्सा बने:

- आयुष आनंद – लक्ष्य
- गरिमा सिंह – आशी
- नूपुर आर्य – रीता
- सनी डागर – इनेश
- सीमा त्यागी – डॉक्टर

– विरल आर्य

नाटक के मंचन का अधिकार

(Performance Rights of Play)

इस नाटक के मंचन अधिकार प्राप्त करना अत्यंत सरल है। आपको केवल इस पुस्तक की एक 'हार्ड कॉपी' खरीदनी होगी। पुस्तक खरीदने के पश्चात, आपको निम्नलिखित जानकारी writerviralarya@gmail.com पर ईमेल करनी होगी:

- पुस्तक के साथ आपकी एक स्पष्ट तस्वीर।
- बिल/इनवॉइस (रसीद) की प्रति (Copy)।

यह प्रक्रिया पूर्ण होने पर आपको इस नाटक का एक बार मंचन करने का आधिकारिक अधिकार प्राप्त हो जाएगा।

<u>संक्षेप में</u>: पुस्तक की प्रत्येक खरीद पर आपको नाटक के एक बार मंचन का अधिकार प्राप्त होता है। मंचन से पूर्व रसीद और अपनी तस्वीर ईमेल पर भेजना अनिवार्य है; इसके बिना किया गया कोई भी मंचन अनधिकृत माना जाएगा।

– विरल आर्य

पात्र परिचय

आशी : नायिका और लक्ष्य की पत्नी।

लक्ष्य : नायक और आशी का पति।

रीता : आशी की चचेरी बहन और मित्र।

इनेश : चित्रकार और लक्ष्य का मित्र।

डॉक्टर : आशी की चिकित्सक।

विशेष निर्देश: डॉक्टर का किरदार पुरुष कलाकार द्वारा भी निभाया जा सकता है; उस स्थिति में लिंग के अनुसार संवादों में आवश्यक परिवर्तन कर लिए जाएँ।

अंक-1

अतीत की परछाईं

दृश्य-1

[धीरे-धीरे पर्दा उठता है। पूरा मंच अँधेरे में डूबा हुआ है। केवल एक स्पॉटलाइट मंच के बाईं ओर, आगे की तरफ, खिड़की के पास खड़ी आशी पर पड़ रही है। आशी एकदम शांत और स्थिर खड़ी है। उसकी नज़रें खिड़की के बाहर किसी चीज़ को देख रही हैं। मंच पर एक भारी खामोशी है।]

आशी : लौट आई हूँ उसी मोड़ पर,
जहाँ से भागना चाहा था,
इन दीवारों की खामोशी में,
शायद कोई पुराना साया था।
शहर बदला, मंज़र बदला,
पर धड़कन वही पुरानी है,
इस घर की हर सिलवट में,
दफ़न कोई कहानी है।।

अतीत की परछाइयाँ,
रह-रहकर मुझे पुकारती हैं,
बीते हुए उन लम्हों की,
कड़वी यादें अब भी सहलाती हैं।
कदम बढ़े हैं आगे को,
पर रूह वहीं कहीं ठहरी है,
मुस्कुराहटें तो ओढ़ ली मैंने,
पर ये टीस बहुत ही गहरी है।।

क्यों आज ये खिड़की फिर से,
वही पुराना पता पूछती है?
हवा की हर एक सरसराहट,
मेरा ही नाम बूझती है।
सन्नाटा गूँज रहा है ऐसे,
जैसे कुछ होने वाला है,
क्या मेरी ज़िन्दगी का पतझड़,
फिर कोई नया मोड़ लेने वाला है।।

[नेपथ्य से लक्ष्य की आवाज़ आती है।]

लक्ष्य : *(नेपथ्य से)* आशी... कहाँ हो तुम?

[आशी आवाज़ की दिशा में पलटती है। इसी के साथ पूरे मंच पर रोशनी हो जाती है। आशी दाईं ओर के पीछे वाले कमरे में चली जाती है।]

[रोशनी होते ही एक फ्लैट का ड्रॉइंग रूम दिखाई देता है। ड्रॉइंग रूम का सामान बिखरा हुआ है। सोफे के गद्दे आड़े-तिरछे रखे हैं और कुर्सियाँ उल्टी दिशा में खड़ी हैं। कोने में कुछ मैगज़ीनें ज़मीन पर पड़ी हैं। एक सूटकेस कमरे के बीचों-बीच रखा है और फोन दरवाज़े के पास ज़मीन पर पड़ा है।]

[अगले ही पल, दाईं ओर के पीछे वाले कमरे से लक्ष्य और आशी एक टेबल उठाए मंच पर आते हैं।]

लक्ष्य : आशी, ज़रा संभाल कर आना।

आशी : लक्ष्य, ये टेबल इतनी भारी तो नहीं है कि इसे उठाने के लिए तुम्हें दस लोगों की ज़रूरत पड़े।

लक्ष्य : बाबू-सोना, हर पत्नी का धर्म होता है कि वो अपने पति का हाथ बँटाए और हर काम में उसकी मदद करे।

आशी : *(टेबल रखकर ताना मारते हुए)* आ हा हा हा! हर पत्नी का धर्म होता है। पति का कोई धर्म नहीं होता? सुबह से एक कमरा सेट नहीं हुआ तुमसे। न तो खुद ने कोई काम किया और न ही मुझे करने दिया। *(मारते हुए)* बस शरारतें करवा लो इनसे।

लक्ष्य : पति परमेश्वर होता है और पति को मारना पाप है, पापन।

आशी : अच्छा, तो मैं पापन हूँ?

लक्ष्य : बता रही हो या पूछ रही हो?

आशी : *(थोड़ा-सा गुस्से में)* पूछ रही हूँ।

लक्ष्य : तो प्यार से पूछो न।

आशी : *(बनावटी प्यार से)* बाबू-सोना, क्या मैं पापन हूँ?

लक्ष्य : और नहीं तो क्या।

आशी : अच्छा? *(लक्ष्य को मारते हुए)* तो फिर ये लो।

[आशी लक्ष्य को मारने लगती है। तभी आशी की चचेरी बहन रीता दाईं ओर के मुख्य दरवाज़े से अंदर आती है। लक्ष्य को मार खाते हुए देख, रीता भी लक्ष्य पर अपने हाथ साफ करने लगती है।]

रीता : *(लक्ष्य को मारते हुए)* मारो... मारो।

आशी : *(लक्ष्य को मारते हुए)* मारो... मारो।

लक्ष्य : *(ज़ोर से)* एक मिनट!

[आशी और रीता रुक जाती हैं।]

लक्ष्य : *(आशी से)* क्या मारो-मारो? *(रीता से)* क्या मारो-मारो? बाप की जागीर समझ रखा है तुम दोनों बहनों ने? जो जब चाहा... मारो-मारो!

आशी : *(मासूमियत से)* नहीं, बाप की जागीर नहीं समझ रखा।

लक्ष्य : तो फिर?

आशी : अपनी जागीर समझ रखा है। *(मारते हुए)* मारो।

लक्ष्य : *(आशी का हाथ पकड़ते हुए)* तो फिर बाबू-सोना, सबके सामने मारने की क्या ज़रूरत है? रात को अकेले में मारना। थोड़ा तुम मारना, थोड़ा मैं मारूँगा, मारम-पिट्टी खेलेंगे।

आशी : रात को क्यों? अभी खेलते हैं न मारम-पिट्टी। रीता, ज़रा पकड़ तो इन्हें।

[लक्ष्य बचने के लिए यहाँ-वहाँ भागने लगता है। आशी और रीता उसे पकड़ने की कोशिश करती हैं। मंच पर कुछ देर के लिए पकड़म-पकड़ाई वाला माहौल बन जाता है। लेकिन लक्ष्य घर के मुख्य दरवाज़े से बाहर भागने में कामयाब हो जाता है।]

रीता : जीजू तो भाग गए।

आशी : भागने दे, भागकर जाएँगे कहाँ?

रीता : अब ये काम कौन कराएगा?

आशी : काम कौन कराएगा? सुबह से मुझे निकम्मा कर रखा है। न तो खुद ने कोई काम किया और न ही मुझे करने दिया। अब तक तो सारा घर सेट हो गया होता। *(दाईं ओर के पीछे वाले कमरे की तरफ इशारा करते हुए)* वो वाला कमरा और *(बाईं ओर पीछे बनी रसोई की तरफ इशारा करते हुए)* ये पूरा किचन अकेले मैंने

सेट किया है। लक्ष्य को बस एक ये ड्रॉइंग रूम दिया था सेट करने के लिए। एक ड्रॉइंग रूम तक सेट नहीं हुआ उनसे।

लक्ष्य : *(वापस अंदर आते हुए)* हैलो मैडम, तुम्हें सेट कर लिया, ये क्या कम है... जो अब कमरा भी सेट करूँ?

[आशी लक्ष्य को मारने के लिए आगे बढ़ती है।]

आशी : रुको, बताती हूँ।

लक्ष्य : मैं समोसे लेकर आता हूँ।

[लक्ष्य फिर से बाहर भाग जाता है।]

रीता : चल, मैं तेरी मदद करती हूँ।

[रीता और आशी ड्रॉइंग रूम सेट करने लगती हैं और सबसे पहले सोफे की कुर्सियाँ ठीक करती हैं।]

रीता : आशी, तुम्हारी शादी को तीन साल होने को आ रहे हैं, लेकिन तुम दोनों अभी भी बिल्कुल बच्चों की तरह लड़ते हो।

आशी : यही तो हमारी खुशहाल ज़िन्दगी का मूलमंत्र है रीता कि हम शादी के तीन साल बाद भी बच्चों की तरह लड़ते हैं, बड़ों की तरह नहीं।

रीता : *(सोफा ठीक करते हुए)* फिर भी... शादी के बाद तुम दोनों के रिलेशन में कुछ तो बदलाव आए ही होंगे?

आशी : *(रीता की मदद करते हुए)* हाँ... बदलाव तो आए हैं।

रीता : क्या?

आशी : लक्ष्य के दिल में मेरे लिए जो प्यार दबा हुआ था, वो प्यार अब उमड़-घुमड़ कर बाहर आ रहा है।

[रीता गुलदस्ता उठाकर टेबल पर रखती है।]

रीता : और तेरा प्यार?

[मंच पर एक खामोशी छा जाती है। एकाएक आशी बाईं ओर खिड़की के बाहर देखती है।]

रीता : आशी?

आशी : *(खिड़की की तरफ देखते हुए)* रीता, मैंने लक्ष्य से शादी तो कर ली है... लेकिन अभी तक अपने मन से उन्हें पूरी तरह अपना नहीं पाई हूँ। *(रीता की तरफ पलटकर)* लक्ष्य मुझसे बहुत प्यार करते हैं और मेरी कोशिश यही होती है कि जितना प्यार वो मुझसे करते हैं, उससे ज़्यादा प्यार मैं उन्हें दे सकूँ।

[आशी सूटकेस उठाकर दाईं ओर के पीछे वाले कमरे में चली जाती है। रीता मैगज़ीनें उठाकर रखती है, फिर सोफे के बाईं तरफ वाली कुर्सी पर बैठ जाती है। कमरे में सूटकेस रखने के बाद आशी वापस आती है और सोफे के पीछे खड़ी हो जाती है।]

रीता : आशी, तूने मुझे कभी 'उसके' बारे में नहीं बताया। 'वो' कौन था? क्या करता था? क्या नाम था 'उसका'? कुछ भी तो नहीं। *(उठकर आशी के पास जाते हुए)* माना कि मैं तेरी चचेरी बहन हूँ, लेकिन उससे पहले हम अच्छी सहेलियाँ भी हैं। तू मुझे अपने दिल की बात बता सकती है। मैं किसी से नहीं कहूँगी।

आशी : ऐसी बात नहीं है रीता, तू मेरी बेस्ट फ्रेंड है और मैं तुझे बताना भी चाहती थी। पर हालात इतनी तेज़ी से बदले कि मुझे संभलने तक का मौका नहीं मिला और जब मैं संभली तो लक्ष्य मुझे थामे खड़े थे। अब मैं अपने अतीत को पूरी तरह भुला देना चाहती हूँ। *(बाईं*

ओर खिड़की की तरफ जाते हुए) लेकिन रह-रहकर मेरा अतीत मुझे याद आता है। रीता... मैं यहाँ इस घर में आकर रहना नहीं चाहती थी।

रीता : क्यों?

आशी : *(रीता की तरफ पलटकर)* क्योंकि इस घर में मेरे अतीत की बहुत सी परछाइयाँ रहती हैं। पता नहीं क्यों जब से यहाँ आई हूँ दिल में एक अजीब-सा भारीपन है। *(खिड़की के बाहर देखते हुए)* 'वो' कहाँ होगा... कैसा होगा... किस हाल में होगा... क्यों ये सवाल मेरे ज़ेहन में उठ रहे हैं? *(रीता से)* ऐसा लगता है, जैसे कुछ होने वाला है। शायद मेरी ज़िन्दगी फिर कोई नया मोड़ लेगी।

[रीता कुछ नहीं कहती। आशी खिड़की के बाहर देखने लगती है। मंच पर एक खामोशी छा जाती है। समोसे की थैली लिए लक्ष्य वापस आता है, लेकिन इतनी खामोशी देखकर दरवाज़े पर ही रुक जाता है। लक्ष्य कुछ देर रीता और आशी को देखता है और फिर शोले वाले रहीम चाचा की एक्टिंग करने लगता है।]

लक्ष्य : *(मस्ती करते हुए)* इतना सन्नाटा क्यों है भाई?

[लक्ष्य दरवाज़े के पास पड़े फोन को देखता है।]

लक्ष्य : देखो, ये फोन यहाँ पड़ा है। *(फोन उठाकर टेबल पर रखते हुए)* अगर मैं न करूँ, तो इस घर में एक काम नहीं हो सकता।

[आशी का ध्यान लक्ष्य की मस्ती पर जाता है और वह मुस्कुरा देती है।]

आशी : *(लक्ष्य से)* और मार खानी है?

लक्ष्य : नहीं।

आशी : तो फिर?

लक्ष्य : बाहर भयंकर चिल्ड ठंड पड़ रही है, अगर मार की जगह चाय मिल जाए तो मज़ा आ जाए।

आशी : *(मुस्कुराकर)* ठीक है, बनाकर लाती हूँ।

[आशी रसोई में चाय बनाने चली जाती है। समोसे की थैली टेबल पर रखकर, लक्ष्य सोफे के दाईं तरफ वाली कुर्सी पर बैठ जाता है।]

लक्ष्य : *(रीता से)* ये बता, तुम दोनों ऐसी क्या बात कर रही थीं जो मेरे आते ही चुप हो गईं?

रीता : *(सोफे पर बैठते हुए)* कुछ नहीं... इट्स गर्ल्स टॉक।

लक्ष्य : अच्छा, गर्ल्स टॉक?

रीता : *(बात को बदलते हुए)* एक बात बताइए जीजू, अगर बाहर इतनी भयंकर चिल्ड ठंड पड़ रही है, तो आप जमे क्यों नहीं?

[लक्ष्य रीता को घूरकर देखता है।]

लक्ष्य : ठीक है... बाहर भयंकर चिल्ड ठंड नहीं पड़ रही तो क्या हुआ? पर ठंड तो है न?

रीता : अगर आपको चाय पीनी थी तो झूठ क्यों बोला? पता है ज़्यादा चाय पीने से क्या नुकसान होता है?

लक्ष्य : क्या नुकसान होता है ज़्यादा चाय पीने से? चाहे मेरी किडनी फेल हो जाए, चाहे मेरा हार्ट फेल हो जाए, चाहे मैं मर जाऊँ, लेकिन फिर भी मैं चाय तो पिऊँगा। चाय के बारे में कुछ उल्टा-सीधा बोला न, मुँह तोड़ दूँगा तेरा। और तू तो चाय पिएगी नहीं? *(आशी को आवाज़ देते हुए)* आशी... रीता चाय के लिए मना कर रही है।

रीता : *(आशी को आवाज़ देते हुए)* आशी... जीजू झूठ बोल रहे हैं, मुझे चाय पीनी है।

लक्ष्य : *(टेबल से समोसे उठाते हुए)* अब तुझे समोसे भी नहीं मिलेंगे।

रीता : *(ज़ोर से)* आशी, देख जीजू मुझे समोसे नहीं दे रहे।

लक्ष्य : *(ज़ोर से)* आशी, रीता झूठ बोल रही है। *(रीता को समोसे देते हुए)* ये ले भुक्खड़... खा ले सारे समोसे।

[रीता थैली में से एक समोसा निकालकर खाने लगती है। इतने में आशी रसोई से चाय लेकर आती है।]

आशी : हे भगवान, कैसे आतंक मचा रखा है तुम दोनों जीजा-साली ने? मेरा चाय बनाना मुश्किल कर दिया। *(चाय की ट्रे टेबल पर रखते हुए)* अगर चाय अच्छी नहीं बनी होगी, तो मुझसे मत कहना।

[आशी रीता के बाईं तरफ सोफे पर बैठ जाती है।]

लक्ष्य : *(चाय का कप लेते हुए)* बाबू-सोना, तुम चाय बनाओ और चाय अच्छी न बने, चाय की इतनी हिम्मत?

रीता : *(चाय का कप लेते हुए)* हाँ, लगाओ-लगाओ... और मक्खन लगाओ।

लक्ष्य : मुँह बंद कर और चुपचाप समोसा खा।

रीता : मुँह बंद कर लूँगी तो समोसा कैसे खाऊँगी?

[लक्ष्य चाय पीते हुए रीता को घूर कर देखता है।]

लक्ष्य : सिर्फ समोसा खाने के लिए मुँह खोल।

[इस दौरान आशी केवल उन्हें ही देखती रहती है।]

आशी : अच्छा, अब बस करो तुम दोनों।

[आशी चाय का कप उठाती है और चाय पीती है।]

रीता : *(समोसा खाते हुए)* जीजू दिल्ली तो आ गए। अब आगे क्या सोचा है?

[लक्ष्य थैली में से एक समोसा लेकर खाने लगता है।]

लक्ष्य : *(समोसा खाते हुए)* तुझे तो पता ही है कि आशी को एक्टिंग का शौक है और मुझे निर्देशन का। इसलिए 'मेरी तमन्ना' नाम से अपना एक थिएटर ग्रुप शुरू किया है।

रीता : *(चाय पीते हुए)* ये तमन्ना किस चुड़ैल का नाम है?

लक्ष्य : *(चाय पीते हुए)* तुम्हारी बहन का।

रीता : हैं?

लक्ष्य : हैं नहीं... हाँ।

आशी : *(चाय का कप टेबल पर रखते हुए)* कॉलेज में लक्ष्य ने एक ड्रामा क्लब शुरू किया था और उसमें इन्होंने एक नाटक किया था 'मेरी तमन्ना'...

लक्ष्य : और उसके लिए मुझे एक हीरोइन की तलाश थी। जब आशी ऑडिशन देने आई, तो मुझे सिर्फ नाटक के लिए ही नहीं... बल्कि पूरी ज़िन्दगी के लिए हीरोइन मिल गई। *(चाय का कप टेबल पर रखते हुए)* और बस... तभी से आशी ही मेरी तमन्ना है।

रीता : *(लक्ष्य से)* वाओ, हाउ रोमांटिक। *(आशी से)* सच में आशी, तू बहुत लकी है। वरना कहाँ मिलते हैं इतना प्यार करने वाले लड़के।

आशी : हाँ, वो तो है... लकी तो मैं हूँ।

[एक खामोशी, तीनों चाय पीते हैं। आशी चाय पीते-पीते खिड़की के बाहर देखने लगती है।]

रीता : तो फिर, पहला नाटक कौन-सा करवाने वाले हो?

[लक्ष्य चाय का कप टेबल पर रख देता है और कुछ सोचता हुआ आगे की तरफ आता है।]

लक्ष्य : *(उठकर आगे की तरफ आते हुए)* यही सोच रहा हूँ कि पहला नाटक कौन-सा करूँ?

[रीता भी चाय का कप टेबल पर रखकर लक्ष्य के पास आती है।]

रीता : *(लक्ष्य के पास आते हुए)* हे भगवान, इसमें सोचने वाली क्या बात है? नाटक ही तो करना है।

लक्ष्य : कॉमेडी करूँ या ड्रामा? सोशल करूँ या कमर्शियल? पहला नाटक है, सोचना तो पड़ेगा।

रीता : हाँ, ये सोचने वाली बात तो है। मेरे ख्याल से पहला नाटक है, इसलिए कुछ कॉमेडी तो ज़रूर होनी चाहिए और थोड़ा सोशल भी हो तो मज़ा आ जाए।

लक्ष्य : *(सोचते हुए)* हम्म... ऐसा एक नाटक है तो सही, फुल कॉमेडी, फुल सोशल और साथ में थोड़ा ड्रामा भी।

रीता : कौन सा?

लक्ष्य : 'अत्याचारी नारी'।

रीता : ये कैसा नाम है? 'अत्याचारी नारी'?

लक्ष्य : तुम्हारी बहन का फेवरेट है। *(आशी से)* है न आशी?

[आशी का ध्यान खिड़की के बाहर होता है।]

लक्ष्य : *(हल्का-सा ज़ोर देकर)* आशी... 'अत्याचारी नारी' कैसा रहेगा?

आशी : *(ध्यान देते हुए)* कौन सा... कौन सा नाटक?

लक्ष्य : तुम्हारा फेवरेट, 'अत्याचारी नारी'।

[आशी खुश हो जाती है और चाय का कप टेबल पर रखकर बड़े उत्साह से उनके पास आती है।]

आशी : *(उत्साहित होकर)* हाँ, यही वाला नाटक करवाना।

लक्ष्य : *(रीता से)* देखा, कितनी जल्दी हाँ बोली। ये नाटक मैडम का फेवरेट जो है।

आशी : मेरा क्या, तुम्हारा भी तो फेवरेट है।

लक्ष्य : मेरा फेवरेट तो नहीं है... पिटाऊ प्ले।

रीता : पिटाऊ प्ले?

आशी : *(उत्साहित होकर)* हाँ, इस नाटक में हम नारियाँ इन पुरुषों को बहुत पीटती हैं, इसलिए लक्ष्य इसे पिटाऊ प्ले कहते हैं।

रीता : अच्छा, तो इसलिए नाटक का नाम 'अत्याचारी नारी' है।

आशी : *(उत्साहित होकर)* हाँ, नाटक में इन पुरुषों पर अत्याचार करने में बड़ा मज़ा आएगा।

लक्ष्य : हैलो मैडम, सिर्फ नाटक में ही नहीं, हकीकत में भी तुम नारियाँ हम पुरुषों पर बहुत अत्याचार करती हो। चाहे तो यहाँ बैठे किसी भी पुरुष से पूछ लो।

आशी : हैलो मिस्टर, इस नाटक की थीम ही यही है कि अगर हमारा पुरुष प्रधान समाज नारी प्रधान हो जाए और नारी हर वो अत्याचार पुरुष पर करने लगे, जो पुरुष आज तक नारी पर करता आया है तो कैसा होगा?

रीता : तो इसका मतलब ये है कि पुरुष अत्याचारी थे इसलिए आज नारी अत्याचारी है।

आशी : हाँ... अब पुरुष की बारी है, नारी अत्याचारी है।

रीता : जीजू, अब तो आप यही नाटक करवाना।

आशी : *(लक्ष्य से)* अब तो यही नाटक होगा। मैं रॉक्सी और तुम अर्पित का कैरेक्टर करोगे।

लक्ष्य : हाँ, जैसे रियल लाइफ में कुछ डिफरेंट चल रहा है। यहाँ भी तुम रॉक्सी और मैं अर्पित ही हूँ।

आशी : अच्छा, मैं रॉक्सी और तुम अर्पित हो?

लक्ष्य : कोई शक?

आशी : मैंने कब शराब पीकर तुम पर घरेलू हिंसा की है?

लक्ष्य : शराब पीकर नहीं की तो क्या हुआ, घरेलू हिंसा तो की है... अत्याचारी नारी।

आशी : मैं अत्याचारी नारी हूँ?

लक्ष्य : हाँ... और इस बात में कोई अतिशयोक्ति नहीं है।

आशी : तो फिर बाबू-सोना, बाबू-सोना, क्यों कहते रहते हो?

लक्ष्य : वो तो तुम्हारा मन रखने के लिए कह देता हूँ। वरना तुम दहाड़ें मार-मार कर नहीं रोओगी?

आशी : मैं दहाड़ें मार-मार कर रोती हूँ?

लक्ष्य : और नहीं तो क्या। *(रीता से)* ये तो हँसती भी दहाड़ें मार-मार कर है।

आशी : मैं अत्याचारी नारी हूँ, घरेलू हिंसा करती हूँ, दहाड़ें मार-मार कर रोती हूँ और हँसती भी दहाड़ें मार-मार कर हूँ?

लक्ष्य : हाँ... और इस बात में कोई अतिशयोक्ति नहीं है।

आशी : रुको... अभी निकालती हूँ तुम्हारी अतिशयोक्ति।

[आशी बाईं ओर के बीच वाले कमरे में चली जाती है।]

लक्ष्य : *(रीता से)* ये दूसरे कमरे में क्यों जा रही है?

रीता : मुझे क्या पता। आपकी बीवी है, खुद ही पूछ लो।

[रीता वापस जाकर सोफे पर बैठ जाती है और समोसा खाने लगती है।]

लक्ष्य : बाबू-सोना, दूसरे कमरे में क्यों जा रही हो? *(दाईं ओर पीछे की तरफ इशारा करते हुए)* अपना कमरा तो इधर है।

[आशी एक बड़ा डंडा लेकर बाहर आती है।]

लक्ष्य : *(डंडा देखकर)* ये डंडा किसलिए? इस डंडे से क्या करोगी?

आशी : मैं तो अत्याचारी नारी हूँ और इस बात में तो कोई अतिशयोक्ति नहीं है। तो इस डंडे से मैं तुम्हारी अतिशयोक्ति को चरितार्थ करने आई हूँ।

लक्ष्य : अरे वो तो मैं मज़ाक कर रहा था... मज़ाक भी नहीं समझती, पगली!

आशी : मैं भी तो मज़ाक कर रही हूँ पगले।

लक्ष्य : बाबू-सोना, डंडे से मज़ाक नहीं। मुझे लग जाएगी।

आशी : बाबू-सोना, तभी तो लेकर आई हूँ, ताकि तुम्हें लगे।

[लक्ष्य रीता से मदद माँगता है, जो समोसा खाने में व्यस्त होती है।]

लक्ष्य : ए भुक्खड़, बचा न!

आशी : रीता, तू मेरी बहन है इसलिए मेरा साथ दे और पकड़ इन्हें।

[रीता उठकर आगे आती है और आशी को पकड़कर, उसे समझाने की कोशिश करती है।]

रीता : रहने दे यार, जीजू की तो आदत है। तू क्यों इनके साथ बच्चा बन रही है। अगर लग-वग गई तो और लो।

लक्ष्य : हाँ, समझती क्या हो तुम अपने आप को। *(रीता से)* पकड़ के रख।

आशी : रीता, छोड़ दे।

लक्ष्य : ये क्या... छोड़ दे, छोड़ दे, लगा रखा है। डरता नहीं हूँ मैं तुमसे... और मान लो, अगर वो छोड़ भी देगी तो क्या कर लोगी तुम? *(रीता से)* रीता, ज़रा कस के पकड़।

आशी : रीता, मैं कहती हूँ छोड़ मुझे।

लक्ष्य : *(चिढ़ाते हुए)* छोड़ मुझे, छोड़ मुझे... वो तो कहीं तुम्हें मोच-वोच न आ जाए इसलिए कुछ नहीं कहता, वरना... *(रीता से)* पकड़े रहना छोड़ना नहीं।

[रीता देखती है कि एक तो वह आशी को रोक रही है वहीं दूसरी तरफ लक्ष्य आशी को चिढ़ाए जा रहा है। रीता गुस्से में आशी का हाथ छोड़ देती है।]

लक्ष्य : कमबख्त की मारी, पकड़ने के लिए कहा था छोड़ने के लिए नहीं।

आशी : *(लक्ष्य से)* हाँ, तो वरना क्या?

लक्ष्य : वरना क्या? वरना मैं सॉरी बोल देता... *(मक्खन लगाते हुए)* मेरी बाबू-सोना।

आशी : उसके लिए तो बहुत देर हो गई... *(लक्ष्य की नकल करते हुए)* मेरे बाबू-सोना।

[आशी डंडा लेकर लक्ष्य के पीछे भागती है। लक्ष्य बचने की कोशिश करता है। भागम-भाग में लक्ष्य दाईं

ओर के पीछे वाले अपने कमरे में चला जाता है और आशी उसके पीछे।]

रीता : *(दर्शकों से)* अब होगा बाबू-सोना... *(मुस्कुराते हुए)* आगे तो आप समझ ही गए होंगे।

[रीता आराम से सोफे पर बैठकर चाय पीने लगती है। कमरे से लक्ष्य की चीख-पुकार सुनाई देती है।]

लक्ष्य : बचाओ... बचाओ। आशी, ये क्या कर रही हो? मेरी इज्जत पे हमला। हाय मम्मी... लग गई! अत्याचारी नारी... घरेलू हिंसा... । बचाओ... बचाओ।

[धीरे-धीरे मंच पर अँधेरा हो जाता है।]

दृश्य-2

[कुछ देर बाद मंच पर रोशनी होती है। आशी, रीता और लक्ष्य 'अत्याचारी नारी' नाटक की रिहर्सल कर रहे हैं। यह दृश्य भी फ्लैट के उसी ड्रॉइंग रूम का है। लक्ष्य 'अर्पित' के रूप में सोफे पर बैठा टीवी देखने की एक्टिंग कर रहा है। वह एक फेमस टीवी सीरियल का गाना गुनगुना रहा है। रीता सोफे के दाईं तरफ वाली कुर्सी के पास खड़ी नाटक की स्क्रिप्ट फॉलो कर रही है।]

लक्ष्य : *(गुनगुनाते हुए)* रिश्तों के भी रूप बदलते हैं, नए-नए साँचे में ढलते हैं, एक पीढ़ी आती है, एक पीढ़ी जाती है, बनती कहानी नई... क्योंकि ससुर भी कभी दामाद था।

[नेपथ्य से आशी की आवाज़ आती है।]

आशी : *(नेपथ्य से शराबी आवाज़ में)* दरवाज़ा खोल... अरे खोल दरवाज़ा... हरामखोर... दरवाज़ा खोल!

[लक्ष्य उर्फ 'अर्पित' दाईं ओर के मुख्य दरवाज़े से बाहर जाता है और दरवाज़ा खोलने की एक्टिंग करता है। कुछ ही देर में लक्ष्य गिरता हुआ मंच पर वापस आता है जैसे उसे किसी ने धक्का मारा हो। आशी उर्फ 'रॉक्सी' एक शराबी के किरदार में पानी की बोतल लिए लड़खड़ाते हुए मंच पर आती है।]

आशी : *(शराबी आवाज़ में)* हरामखोर... इतनी देर लगती है दरवाज़ा खोलने में? क्या कर रहा था?

[आशी की शराबी वाली एक्टिंग देखकर लक्ष्य और रीता ज़ोर-ज़ोर से हँसने लगते हैं।]

आशी : अरे हँस क्यों रहे हो तुम दोनों?

रीता : *(हँसते हुए)* आशी, तू बहुत क्यूट लग रही है यार।

लक्ष्य : क्यूट का तो पता नहीं, पर ऐसा लग रहा है जैसे किसी ने बिल्ली को शराब पिला दी हो।

आशी : *(नकली हँसी हँसते हुए)* हा हा हा... वेरी फनी। मैं कोई शराबन नहीं हूँ और पहली बार शराबी की एक्टिंग कर रही हूँ, वो भी पानी के साथ।

लक्ष्य : *(शराब पीने का इशारा करते हुए)* अगर कहो तो मेथड एक्टिंग के लिए हो जाए... लिटिल-लिटिल?

रीता : मुझे भी चाहिए लिटिल-लिटिल।

आशी : *(थप्पड़ दिखाते हुए)* दूँ तुम दोनों को लिटिल-लिटिल?

[लक्ष्य और रीता दोनों एक साथ गर्दन हिलाकर मना करते हैं और बोलते हैं– नहीं चाहिए लिटिल-लिटिल।**]**

आशी : लक्ष्य, अब टाइम पास बंद करो और कैरेक्टर पकड़ने में मेरी हेल्प करो।

लक्ष्य : तुम लड़खड़ाने पर ज़्यादा ध्यान दे रही हो, अपनी आवाज़ में भी थोड़ी-सी लड़खड़ाहट और वेरिएशन लेकर आओ।

[आशी आवाज़ में थोड़ी लड़खड़ाहट लाने की प्रैक्टिस करती है।]

आशी : *(पहले जैसी आवाज़ में)* क्या कर रहा था?

(थोड़ी वेरिएशन के साथ) क्या कर रहा था?

(बेहतर वेरिएशन के साथ) क... क्या कर रहा था?

लक्ष्य : हाँ, ये थोड़ा ठीक है।

[आशी अचानक से लक्ष्य को धक्का मारती है और लक्ष्य गिर जाता है।]

आशी : *(वापस रॉक्सी के किरदार में)* इतनी देर लगती है दरवाज़ा खोलने में? क... क्या कर रहा था? मैं पूछती हूँ... क्या कर रहा था? अपनी उस यार 'काया' के साथ गुलछर्रे उड़ा रहा था?

लक्ष्य : आप तो मुझ पर ऐसे ही शक कर रही हो। मैं तो टीवी सीरियल देख रहा था– क्योंकि ससुर भी कभी दामाद था।

आशी : क्या? टीवी सीरियल देख रहा था, क्योंकि... क्योंकि?

लक्ष्य : क्योंकि ससुर भी कभी दामाद था।

आशी : क्योंकि ससुर भी कभी दामाद था?

लक्ष्य : जी।

आशी : ऐसे उल्टे-सीधे नाटक देखकर ही तू दिन-ब-दिन बिगड़ता जा रहा है। कल से तेरा टीवी देखना बंद।

[यह बोलते हुए आशी थोड़ा ज़्यादा लड़खड़ा जाती है लेकिन कैरेक्टर में ही रहते हुए सोफे पर बैठ जाती है और पानी उर्फ शराब की बोतल टेबल पर रख देती है। फिर अपने सैंडल उतारने का इशारा करती है।]

आशी : चल, सैंडल उतार।

[लक्ष्य (अर्पित) आशी (रॉक्सी) के पास जाकर बैठ जाता है और उसकी सैंडल उतारने लगता है।]

लक्ष्य : *(सैंडल उतारते हुए)* आज आप... फिर शराब पीकर आई हो?

आशी : हाँ... मैं आज फिर शराब पीकर आई हूँ... तो?

लक्ष्य : *(दूसरी सैंडल उतारते हुए)* रोज़-रोज़ शराब पीना अच्छी बात नहीं होती।

आशी : मैं अपनी कमाई के पैसों से पीती हूँ, तेरी माँ के पैसों से नहीं। तू कौन होता है मुझसे पूछने वाला?

[लक्ष्य ओवरएक्टिंग करते हुए आशी के पैर पहले अपने माथे से लगाता है फिर अपने सीने पर लगा लेता है।]

लक्ष्य : मैं आपका पति हूँ... *(आशी के पैर अपने सीने पर रखते हुए)* आपके चरणों का दास, मुझे हक है।

आशी : *(अपनी हँसी रोकते हुए)* साला हक की बात करता है। *(लक्ष्य को लात मारते हुए)* ये ले... ये है तेरा हक।

[लक्ष्य, आशी को प्यार से देखता है।]

आशी : घूर क्या रहा है?

लक्ष्य : घूर कहाँ रहा हूँ? मैं तो प्यार से देख रहा हूँ।

रीता : क्या यार जीजू, कैरेक्टर क्यों छोड़ रहे हो?

लक्ष्य : मैंने क्या किया? पहले ये हँसी थी।

आशी : हाँ तो? ओवरएक्टिंग करोगे तो हँसी आएगी ही।

लक्ष्य : ओवरएक्टिंग नहीं कर रहा था, लाइफ की रियलिटी बता रहा था।

[लक्ष्य उठकर दर्शकों के पास आता है।]

लक्ष्य : *(दर्शकों से)* भाई लोग अब आप ही बताओ, ये नाटक है या हकीकत? ये अत्याचारी पत्नियाँ हम मासूम पतियों पर ऐसे ही अत्याचार करती हैं। हमारी तो कहीं कोई सुनवाई भी नहीं होती... और न ही हमारा कोई हेल्पलाइन नंबर है। चाहे तो ये हमें पटक-पटक कर मारें और फिर ड्रम में डालकर सीमेंट से जमा दें, तो

नारी सशक्तीकरण? और हम ज़रा सी आवाज़ ऊँची करके एक मासूम-सी उंगली क्या उठा दें, तो घरेलू हिंसा? ये कहाँ का इंसाफ है?

[इस दौरान आशी लक्ष्य के पास आकर उसे घूरने लगती है।]

लक्ष्य : क्या...? घूर क्या रही हो? *(एक पॉज़ लेकर)* डायलॉग है तुम्हारा, बोलो।

[आशी बिना कुछ बोले रसोई की तरफ जाने लगती है।]

रीता : आशी, कहाँ जा रही है यार? रिहर्सल बाकी है अभी।

आशी : हम सीन स्किप कर रहे हैं। 'तेरी ये हिम्मत कि तूने मेरा हाथ पकड़ा'– अब इस डायलॉग से सीन करेंगे।

[रीता स्क्रिप्ट में चेक करती है और फिर पढ़कर हँसने लगती है।]

रीता : जीजू, अब आपको बहुत पड़ने वाली है।

लक्ष्य : *(थोड़ा घबराया-सा)* हाँ पता है... मैं सिर्फ मज़ाक करता हूँ और ये सीरियस हो जाती है।

[आशी डंडा लेकर वापस आती है।]

आशी : अब बताती हूँ तुम्हें कि क्या होती है... घरेलू हिंसा।

[आशी रॉक्सी के कैरेक्टर में आते हुए लक्ष्य को डंडे से मारने की कोशिश करती है। डंडा कभी फर्श पर तो कभी सोफे पर लगता है और लक्ष्य हर बार बचने में सफल रहता है।]

आशी : मुझसे जबान चलाता है। जब देखो... कहाँ जा रही हो? कब आओगी? ये अच्छी बात नहीं है... वो अच्छी बात नहीं है।

लक्ष्य : *(आशी से बचते हुए)* अरे गलती है गई... मेरे मुंह ते निकल गई... अब नहीं बोलूंगो!

आशी : मैंने कहा था न, मुझे ज़्यादा बोलने वाले लोग पसंद नहीं हैं... समझ में नहीं आया था तुझे?

लक्ष्य : एक तो मुझे ये समझ नहीं आ रहा, ये डंडा मैंने घर में रखा क्यों है?

रीता : अपनी पिटाई के लिए।

लक्ष्य : तू क्या मज़े ले रही है?

रीता : मैं मज़े नहीं ले रही, स्क्रिप्ट फॉलो कर रही हूँ। आशी तो फुल कैरेक्टर में है, पर आप अपने डायलॉग सही नहीं ले रहे हैं।

लक्ष्य : मैं जो कर रहा हूँ उसे 'इम्प्रोवाइज़ेशन' कहते हैं।

[इन बातों में पता नहीं चलता, पर आशी लक्ष्य के पास आ जाती है।]

आशी : और मैं जो कर रही हूँ, उसे मेथड एक्टिंग कहते हैं।

[आशी लक्ष्य की तशरीफ़ पर ज़ोर से एक डंडा मारती है और लक्ष्य ज़ोर से चीखता है।]

लक्ष्य : उई मइया मोरी लग गई!

[लक्ष्य अपनी तशरीफ़ सहलाते हुए पूरे हॉल का एक चक्कर लगाता हुआ घर से बाहर निकल जाता है।]

रीता : अरे जीजू कहाँ जा रहे हो? अभी तो आपको जलाना बाकी है।

लक्ष्य : मैं ये कैरेक्टर ही नहीं कर रहा। मेथड एक्टिंग के नाम पर सच में जला देगी ये।

रीता : अरे जीजू सच बताओ कहाँ जा रहे हो?

लक्ष्य : सेट डिज़ाइन वाले के पास जा रहा हूँ, उसने बुलाया था। नाटक का सेटअप फाइनल करना है और कुछ प्रॉप्स भी चाहिए। अगर यहाँ रहा तो ये मार-मार के मेरी तशरीफ़ लाल कर देगी।

रीता : वापसी में पकौड़े लेते आना। चाय के साथ खाएंगे, मज़ा आएगा।

लक्ष्य : ठीक है, लेकिन तब तक इसे कैरेक्टर से बाहर निकाल।

[लक्ष्य चला जाता है और रीता दरवाज़ा बंद कर देती है।]

रीता : *(आशी के पास जाते हुए)* आशी, तूने सच में बहुत ज़ोर से मार दिया क्या?

आशी : पागल है क्या? कुछ ज़ोर से नहीं मारा।

रीता : देखा नहीं, जीजू कैसे बिलबिला गए थे?

आशी : तुझे पता नहीं है, लक्ष्य कितने बड़े नौटंकी हैं?

[तभी डोरबेल बजती है।]

आशी : देख, आ गए वापस। कभी-कभी तो लगता है जैसे मुझसे पिटने में इन्हें मज़ा आता है।

रीता : अरे यार, बिना पकौड़े लिए वापस आ गए।

आशी : टेंशन मत ले, अभी डंडा मारकर वापस भेजती हूँ।

रीता : *(हँसते हुए)* बस ज़्यादा ज़ोर से मत मार देना, कहीं ऐसा न हो कि उनकी तशरीफ़ सूज के पकौड़ा बन जाए।

[रीता स्क्रिप्ट टेबल पर रखती है। डोरबेल दोबारा बजती है।]

आशी : अरे रुको ज़रा, सब्र करो... आ रही हूँ।

[डंडा लिए आशी हँसते हुए दरवाज़ा खोलती है। दरवाज़े पर खड़े व्यक्ति को देखकर आशी एकदम चुप हो जाती है, जैसे उसे कोई साँप सूँघ गया हो। आशी को एकदम चुप देख रीता भी दरवाज़े के पास जाती है।]

रीता : कौन है? *(दरवाज़े पर इनेश को देखकर)* अरे इनेश? बाहर क्यों खड़े हो? अंदर आओ।

[इनेश अंदर आता है।]

इनेश : बहुत शोर हो रहा था। सोचा, ज़रा जाकर देखूँ कि... *(आशी की तरफ देखते हुए)* कौन रहने आया है?

आशी : माफ कीजिएगा... दरअसल, हम नाटक की रिहर्सल कर रहे थे।

रीता : इनेश, ये आशी है... मेरी बहन। मेरे बनारस वाले ताऊजी हैं न?

इनेश : *(थोड़ा समझने की कोशिश करते हुए)* हाँ।

रीता : ये उनकी बेटी है। कुछ दिन पहले ही ये लोग बनारस से दिल्ली शिफ्ट हुए हैं। *(आशी से)* आशी, ये इनेश है। नीचे वाले फ्लैट में ही रहता है। याद है... जब ताऊजी इस फ्लैट को बेचने की बात कर रहे थे, तब मैंने तुझसे कहा था कि मेरा एक दोस्त जो ये फ्लैट खरीदना चाहता है?

आशी : *(थोड़ा समझने की कोशिश करते हुए)* हाँ।

रीता : वो यही जनाब हैं। *(इनेश से)* एक मिनट! मैं तुमसे इतने प्यार से बात क्यों कर रही हूँ?

इनेश : क्यों, मुझसे लड़ना था क्या?

रीता : हाँ, मुझे तो तुमसे लड़ना था।

इनेश : मैंने ऐसे क्या पाप कर दिए?

रीता : क्या पाप कर दिए? ये पूछो, क्या पाप नहीं किए?

इनेश : तो ठीक है, यही बता दो कि क्या पाप नहीं किए?

रीता : अब जो पाप किए ही नहीं, वो कैसे बता सकती हूँ? इसलिए जो पाप किए हैं फिलहाल वही बता देती हूँ।

आशी : *(रीता से)* अच्छा ठीक है, अब खड़े-खड़े ही लड़ोगी क्या? *(इनेश से)* आप लोग बैठकर आराम से लड़िए, मैं पानी लेकर आती हूँ।

[आशी डंडा लेकर रसोई में चली जाती है। इनेश सोफे के दाईं तरफ वाली कुर्सी पर बैठ जाता है और रीता सोफे पर बैठ जाती है। इनेश टेबल से नाटक की स्क्रिप्ट उठाकर देखता है।]

इनेश : 'अत्याचारी नारी', लेखक विरल आर्य। कौन है ये महापुरुष? पुरुष जीवन की हर व्यथा का सत्य बता दिया इन्होंने।

रीता : *(स्क्रिप्ट छीनकर टेबल पर रखते हुए)* पहले तो मुझे ये बताओ कि जनाब थे कहाँ? न कोई अता, न कोई पता, कहाँ गायब हो गए थे? सच-सच बताओ नहीं तो मैं बन जाऊँगी अत्याचारी नारी। *(यहाँ-वहाँ देखते हुए)* डंडा कहाँ है?

इनेश : अरे मैं कहीं गायब नहीं हुआ था। एग्ज़िबिशन चल रही थी, बस उसी में बिज़ी था।

रीता : एग्ज़िबिशन चल रही थी और मुझे बताया तक नहीं? हाँ सही है, हमें क्यों बताओगे... आखिर हम आपके हैं कौन?

इनेश : ऐसी बात नहीं है, मैंने फोन किया था। लेकिन... तुम्हारे पापा ने फोन उठाया था।

रीता : ओह, आई एम सॉरी। पापा भी न, कभी-कभी वो थोड़ा ज़्यादा बोल जाते हैं।

इनेश : हाँ वो तो है... लेकिन इस बार तो कुछ ज़्यादा ही बोल गए थे।

रीता : अच्छा? फिर?

इनेश : फिर क्या? दोबारा फोन करने की हिम्मत नहीं हुई।

[एक पॉज़ के बाद रीता हँसने लगती है और इनेश भी मुस्कुरा देता है। इतने में आशी रसोई से ट्रे में एक ग्लास पानी लेकर आती है, लेकिन रुककर उनकी बातें सुनती है।]

रीता : मुझे तो लगा था कि तुम मुझे भूल ही गए।

इनेश : तुम्हें कैसे भूल सकता हूँ, तुम्हें भूलना तो उम्र गुज़रने की बात है।

रीता : हम्म, क्या बात है! डायलॉग मारने लगे हैं जनाब।

इनेश : हाँ, अब तुम्हें देखकर कौन डायलॉग नहीं मारेगा।

रीता : अच्छा फ्लर्टिंग भी सीख ली? कहाँ ट्रेनिंग ले रहे हो, ज़रा हमें भी बताओ।

इनेश : फ्लर्टिंग तो कहीं नहीं सीख रहा, पर सोच रहा हूँ *(इनेश का ध्यान आशी की तरफ जाता है)* कब तक सिंगल रहूँगा। *(आशी से)* क्या आप छिपकर हमारी बातें सुन रही हैं?

आशी : *(थोड़ा-सा घबराकर)* वो... वो मैं आप दोनों को डिस्टर्ब करना नहीं चाहती थी।

रीता : पर डिस्टर्ब तो कर दिया न।

आशी : *(वापस जाने के लिए मुड़ते हुए)* तो ठीक है, मैं वापस चली जाती हूँ।

रीता : कोई नहीं, रहने दे।

[आशी इनेश को पानी देने के लिए उसकी तरफ बढ़ती है, तभी बिजली कड़कने की आवाज़ सुनाई देती है।]

रीता : शायद कहीं बिजली गिर रही है।

[आशी इनेश को पानी देती है।]

इनेश : *(पानी लेते हुए)* हाँ, कहीं तो बिजली गिर रही है।

आशी : *(इनेश को देखते हुए)* लगता है आज मौसम खराब है।

[इनेश को पानी देने के बाद आशी ट्रे को टेबल पर रख देती है और सोफे के बाईं तरफ वाली कुर्सी पर बैठ जाती है। इनेश पानी पीता है।]

रीता : वो तो सुबह से खराब है मैडम, कुछ नया बताओ।

इनेश : *(आशी को देखते हुए)* नया ये है कि मेरे आने के बाद मौसम अब और ज़्यादा खराब हो गया है।

रीता : *(इनेश से)* क्या बात है, मौसम की तरह आज जनाब भी कुछ बदले-बदले नज़र आ रहे हैं।

इनेश : बदलना ही प्रकृति का पहला और आखिरी नियम है।

रीता : *(इनेश से)* हम्म, पेंटिंग्स की तरह आज तो जनाब की बातों में भी गहराई है।

इनेश : *(रीता से)* तुम तो समझ गई, *(आशी को देखते हुए)* लेकिन हर कोई बातों की गहराई नहीं समझ पाता।

आशी : मैं कुछ समझी नहीं।

इनेश : *(गिलास टेबल पर रखते हुए)* मैंने कहा था न, हर कोई नहीं समझ पाता।

रीता : लो, तू इनकी बातें नहीं समझ पा रही है, तो इनकी पेंटिंग्स कैसे समझेगी?

आशी : पेंटिंग्स?

रीता : मैं तो बताना ही भूल गई। जनाब चित्रकार हैं... मिस्टर चित्रकार, पेंटिंग्स बनाते हैं। मैंने कितनी बार कहा है एक पेंटिंग मेरी भी बना दो, पर जनाब का कहना है कि जब तक अपने जीवन की सबसे उत्कृष्ट कलाकृति, सरल भाषा में कहें तो...

आशी : *(इनेश को देखते हुए)* सबसे शानदार पेंटिंग।

रीता : एग्ज़ैक्टली... तो जब तक जनाब अपने जीवन की सबसे शानदार पेंटिंग नहीं बना लेते, तब तक किसी लड़की की पेंटिंग नहीं बनाएँगे।

आशी : तो आप अभी तक बना नहीं पाए?

[इससे पहले इनेश कुछ कहता, लक्ष्य अंदर आता है।]

लक्ष्य : कौन क्या नहीं बना पाया? कोई कुछ बना पाए या न बना पाए। लेकिन मैं एक बात बता दूँ कि आज रात का खाना मैं नहीं बनाने वाला।

[लक्ष्य बिना ध्यान दिए रीता और इनेश के बीच में खड़ा हो जाता है और रीता को पकौड़े देता है।]

लक्ष्य : ये ले भुक्खड़... तेरे पकौड़े।

[रीता पकौड़े की थैली ले लेती है। तभी लक्ष्य का ध्यान इनेश की तरफ जाता है। लक्ष्य एक पल के लिए चौंक जाता है, फिर आशी और रीता को देखता है।]

लक्ष्य : ये कौन है? तुम दोनों किसी को भी घर में बुला लेती हो। घर से बाहर निकालो इसे।

[रीता और आशी, लक्ष्य के इस बर्ताव से हैरान हो जाती हैं, जबकि इनेश मुस्कुराता है।]

रीता : जीजू, ये मेरा दोस्त है।

लक्ष्य : *(थोड़ा हैरानी से)* तेरा दोस्त है? *(एक पॉज़)* हाँ, ठीक है... तेरा दोस्त है, तो अपने घर बुला। ये मेरा घर है। *(इनेश से)* चल भाई, बाहर निकल।

[इनेश अपनी जगह पर खड़ा हो जाता है।]

आशी : *(हैरानी से)* लक्ष्य!

लक्ष्य : आशी, तुम बीच में मत बोलो।

आशी : लेकिन लक्ष्य?

लक्ष्य : तुमसे कहा न बीच में मत बोलो। *(इनेश से)* गया नहीं तू अभी तक? *(धक्का देकर)* चल बाहर निकल।

[इनेश के चेहरे पर अभी भी मुस्कुराहट होती है और वह उसी मुस्कुराहट के साथ बाहर जाने लगता है।]

लक्ष्य : भूतनी का! अब जा भी रहा है?

इनेश : और नहीं तो क्या, नाचूँ? तीन साल बाद तो मिला है और धक्के मारकर घर से बाहर निकाल रहा है।

लक्ष्य : तो क्या करूँ? आरती उतारूँ तेरी?

[दोनों कुछ देर एक-दूसरे को देखते हैं, फिर गले लगते हैं।]

लक्ष्य : कैसा है यार?

इनेश : जैसा हूँ, तेरे सामने हूँ।

[दोनों को इस तरह मिलते देखकर आशी और रीता हैरान हो जाती हैं।]

लक्ष्य : *(आशी और रीता से)* ये मेरा कॉलेज का दोस्त है, इनेश।

रीता : क्या जीजू, आपने तो डरा ही दिया था।

[आशी अभी भी हैरान है।]

आशी : ये तो इनकी पुरानी आदत है। मैंने चाय का पानी रखा था, ज़रा देखकर आती हूँ।

रीता : आशी, इनेश बिना दूध की अदरक वाली चाय पीते हैं।

[आशी एक बार इनेश की तरफ देखती है और फिर रीता की तरफ।]

आशी : तू साथ चल और मेरी हेल्प कर।

रीता : ओके। *(इनेश से)* मैं चाय लेकर आती हूँ।

लक्ष्य : एक काम कर, ये पकौड़े भी ले जा और प्लेट में डाल कर ले आ।

[रीता पकौड़े की थैली लेकर आशी के साथ रसोई में चली जाती है। लक्ष्य सोफे पर बैठ जाता है और इनेश सोफे के दाईं तरफ वाली कुर्सी पर।]

लक्ष्य : यार तू अभी भी काली चाय पीता है?

इनेश : काली नहीं, बिना दूध की चाय।

लक्ष्य : एक ही बात है।

इनेश : एक ही बात नहीं है, पर तू नहीं समझेगा।

लक्ष्य : अच्छा वो सब छोड़, पहले तो ये बता कि तू अचानक गायब कहाँ हो गया था? न कोई खोज, न कोई खबर और नंबर भी बदल दिया था तूने।

इनेश : अब क्या बताऊँ यार... चाचाजी की मौत के बाद, मैं हमेशा के लिए दिल्ली शिफ्ट हो गया था।

लक्ष्य : चाचाजी अब नहीं रहे?

इनेश : हाँ, उन्हें कैंसर हो गया था।

लक्ष्य : सॉरी भाई, मुझे पता नहीं था। *(थोड़ा गुस्से में)* क्योंकि तूने बताया नहीं था।

इनेश : उसके लिए सॉरी। सब अचानक और बहुत जल्दी हुआ, कुछ समझ ही नहीं आया कि हो क्या रहा है।

[इनेश उठकर दाईं ओर आगे की तरफ आता है। लक्ष्य भी उठकर इनेश के पास आता है।]

इनेश : *(आगे की तरफ आते हुए)* चाचाजी ने मेरी अच्छी परवरिश और पढ़ाई के लिए कर्ज़ लिया था। चाचाजी के इलाज में भी बहुत खर्च हुआ था। इसलिए रंग और ब्रश एक तरफ रखकर... कीबोर्ड और माउस हाथ में लेने पड़े।

लक्ष्य : सॉरी यार, तूने सब अकेले सहा। एक फोन ही कर देता दोनों भाई मिलकर कुछ न कुछ तो कर ही लेते।

इनेश : यार, तेरी भी नई-नई शादी हुई थी। अपनी परेशानी में तुम दोनों को घसीटना मुझे ठीक नहीं लगा।

लक्ष्य : बस, ये बोलकर कर दिया न तूने पराया।

[आशी चाय और रीता पकौड़े की ट्रे लेकर आती हैं।]

रीता : *(रसोई से आते हुए)* किसने किसको पराया कर दिया।

लक्ष्य : इसने और किसने?

[लक्ष्य वापस सोफे के पास जाता है। आशी सोफे के बाईं तरफ वाली कुर्सी के पास खड़ी हो जाती है और चाय की ट्रे टेबल पर रखती है। रीता सोफे के सामने

खड़ी हो जाती है और पकौड़े की ट्रे टेबल पर रखती है।]

लक्ष्य : पता है इसके एक चाचा थे, सगे नहीं थे पर सगे से बढ़कर थे। वो गुज़र गए।

[इनेश भी वापस सोफे के दाईं तरफ वाली कुर्सी के पास जाता है। इसी दौरान बिजली कड़कने की आवाज़ सुनाई देती है।]

आशी : *(हैरानी के साथ इनेश से)* चाचाजी अब नहीं रहे?

[इनेश ना में गर्दन हिलाकर जवाब देता है।]

लक्ष्य : हाँ और इसने बताया भी नहीं। ऊपर से बोल रहा है कि तुम लोगों को अपनी परेशानी में घसीटना मुझे ठीक नहीं लगा। *(गुस्से में)* मन तो कर रहा है, इसे घसीट-घसीट कर मारूँ।

रीता : जीजू छोड़ो न, पुरानी बात हो गई। वैसे भी उस टाइम इनेश बहुत परेशान थे।

लक्ष्य : थे...? 'थे' नहीं... ये 'था' है! इसे इतनी इज्जत मत दे, इतनी इज्जत के लायक नहीं है ये।

रीता : हैं?

लक्ष्य : हैं नहीं... हाँ। और तुझे कैसे पता ये परेशान था?

रीता : जीजू, मैं मेडिकल स्टूडेंट हूँ। जिस हॉस्पिटल से मेरी मेडिकल की पढ़ाई चल रही है, उसी हॉस्पिटल में इनेश के चाचाजी का भी इलाज चल रहा था। वहीं तो मेरी और इनेश की दोस्ती हुई।

इनेश : थैंक्स रीता, मैंने कभी कहा नहीं पर तुमने उस वक्त बहुत मदद की।

लक्ष्य : *(रीता से)* अब देख, थैंक्स बोल रहा है। दोस्तों को थैंक्स बोलने की इसकी बुरी आदत गई नहीं।

आशी : अरे बस करो तुम दोनों। अब जो हो गया सो हो गया। पुराने ज़ख्मों को अब कुरेदने से क्या फायदा।

इनेश : आप सही कह रही हैं। फिर भी अनजाने में ही सही, मैंने आप लोगों का दिल दुखाया है, उसके लिए माफी चाहूँगा, आई एम सॉरी।

लक्ष्य : *(रीता से)* अब देख, सॉरी बोल रहा है। दोस्तों को सॉरी बोलने की बुरी आदत गई नहीं इसकी।

रीता : जीजू आप वो कुछ घसीट-घसीट कर मारने वाली बात कर रहे थे न? आप मारो मुझे देखना है।

[लक्ष्य इनेश का गिरेबान पकड़ लेता है। आशी और रीता एकदम हैरान हो जाती हैं।]

रीता : जीजू, मैं तो मज़ाक कर रही थी।

आशी : लक्ष्य?

इनेश : भाई मार ले, मैं इसी लायक हूँ।

[मंच पर कुछ देर खामोशी रहती है। लक्ष्य इनेश को घूरता रहता है, फिर उसे अपने गले लगा लेता है।]

लक्ष्य : ठीक है, तू?

[इनेश भी लक्ष्य के गले लगता है।]

इनेश : अब ठीक हूँ।

रीता : अगर सब ठीक है, तो चाय पियें? नहीं तो पकौड़े ठंडे हो जाएँगे।

लक्ष्य : इस भुक्खड़ को पकौड़ों की पड़ी है।

[रीता और लक्ष्य हँसते हैं, जबकि आशी और इनेश मुस्कुरा देते हैं। रीता सोफे पर बाईं तरफ बैठ जाती है और लक्ष्य सोफे पर दाईं तरफ। सोफे के दाईं तरफ वाली कुर्सी पर इनेश बैठ जाता है, लक्ष्य के पास। आशी सबको चाय देने के बाद सोफे के बाईं तरफ वाली कुर्सी पर बैठ जाती है, रीता के पास। आशी और इनेश एक-दूसरे के आमने-सामने बैठे हुए हैं। सब चाय पीते और पकौड़े खाते हुए बातें भी करते हैं।]

लक्ष्य : तो तूने पेंटिंग छोड़ दी?

इनेश : हाँ, कुछ समय के लिए छोड़ दी थी और एक कंपनी ज्वॉइन की थी... 'शम्भू के बम्बू'।

लक्ष्य : ये कैसा कॉमेडी नाम है?

इनेश : *(हँसते हुए)* फुल कॉमेडी है भाई! मन तो कर रहा है वहाँ की ऑफिस पॉलिटिक्स पर कॉमेडी प्ले बना दूँ, पार्ट-1 'काम का बम्बू मत ले शम्भू' और पार्ट-2 'काम का बम्बू ले ले शम्भू'।

लक्ष्य : क्या बात कर रहा है!

इनेश : फुल नॉनसेंस कॉमेडी।

लक्ष्य : फिर तो प्ले नहीं, तुझे ऑफिस पॉलिटिक्स पर किताब लिखनी चाहिए, बेस्टसेलर बनेगी।

इनेश : सोच रहा हूँ पार्ट-3 लिख दूँ 'काम का बम्बू दे दे शम्भू'।

लक्ष्य : ये बढ़िया था गुरु।

[सब हँसने लगते हैं, आशी मुस्कुरा देती है।]

इनेश : सच भाई, ऑफिस पॉलिटिक्स चीज़ ही ऐसी है। अभी तो हँसी आ रही है, लेकिन मैं ही जानता हूँ कि क्या सहा है मैंने।

आशी : तो आप अब भी उसी कंपनी में हैं?

इनेश : जी नहीं, जब हालात ठीक हो गए तो कंपनी छोड़कर फिर से पेंटिंग शुरू कर दी। अभी कल ही तो अपनी पहली एग्ज़िबिशन खत्म की है।

लक्ष्य : *(खुश होकर)* ये हुई ना बात! *(चाय पीते हुए कुछ सोचकर)* यार, इन तीन साल में तेरी लाइफ में बहुत कुछ हो गया।

इनेश : तू मेरी छोड़, अपनी बता... तेरी लाइफ में क्या चल रहा है?

लक्ष्य : अपना तो सब मज़े में है भाई। 'मेरी तमन्ना' नाम से अपना ड्रीम थिएटर ग्रुप शुरू कर दिया है और जल्द ही अपने पहले थिएटर प्ले का मंचन करने वाला हूँ।

रीता : 'अत्याचारी नारी', बड़ा ही मज़ेदार प्ले है।

इनेश : हाँ, वो स्क्रिप्ट देखी मैंने। *(कुछ सोचते हुए)* 'मेरी तमन्ना', ये तो तेरे उस थिएटर प्ले का भी नाम था न जो तूने कॉलेज में लिखा था?

लक्ष्य : हाँ, और तुझे तो पता ही है कि *(आशी की तरफ देखते हुए)* 'मेरी तमन्ना' कौन है।

इनेश : हाँ, मुझसे बेहतर ये कौन जान सकता है।

लक्ष्य : वो तो है। पता है आशी, हम दोनों को मिलवाने में इनेश का बहुत बड़ा हाथ था।

[तभी बिजली कड़कने की आवाज़ सुनाई देती है। आशी इनेश की तरफ देखती है।]

आशी : *(थोड़ा हैरानी से)* कैसे?

लक्ष्य : *(आशी से)* दरअसल जिस कॉलेज में हम पढ़ते थे न, इनेश भी उसी कॉलेज से नॉन-रेगुलर पढ़ रहा था।

रीता : नॉन-रेगुलर?

लक्ष्य : *(रीता से)* हाँ, इसे स्पेशल परमिशन थी, ये कभी-कभी कॉलेज आता था।

इनेश : गरीब होने के फायदे।

लक्ष्य : और ये गरीब, हॉस्टल में मेरा रूममेट भी था।

आशी : *(इनेश को देखते हुए)* अच्छा, *(लक्ष्य से)* पहले कभी बताया नहीं आपने।

लक्ष्य : अगर बता देता, तो तुम कैसे पटतीं।

आशी : *(लक्ष्य से)* मतलब?

लक्ष्य : मतलब, तुमसे कैसे बात करनी है? कैसे कपड़े पहनने हैं? तुम्हें कहाँ लेकर जाना चाहिए? तुम्हें क्या पसंद हो सकता है और क्या नापसंद, ये सब राय मुझे इनेश ही देता था।

आशी : *(इनेश से)* वाकई?

लक्ष्य : *(इनेश से)* अबे बता न?

इनेश : *(थोड़ा संकोच के साथ)* हाँ... हाँ, मैं ही बताता था।

आशी : मतलब... बहुत अच्छे से जानते हैं आप मुझे?

इनेश : बस अंदाज़ा था।

लक्ष्य : सच में, अगर इनेश न होता तो तुम मुझे कभी न मिलती।

इनेश : ऐसा कुछ नहीं है भाई।

लक्ष्य : ऐसा ही है भाई। वरना आशी तो मुझे घास तक नहीं डालती थी। कसम से, अगर तू मदद नहीं करता न, तो आशी मुझे कभी न मिलती।

इनेश : कैसे मदद नहीं करता, तू इनसे इतना प्यार जो करता था।

आशी : *(इनेश से)* करते थे? *(लक्ष्य की तरफ देखकर मुस्कुराते हुए)* बल्कि यूँ कहिए प्यार करते हैं।

लक्ष्य : *(आशी को एक बड़ी स्माइल देते हुए)* हाय!

इनेश : मेरे कहने का वही मतलब था।

[तभी लक्ष्य को कुछ याद आता है।]

लक्ष्य : ओए, कॉलेज में तू कोई महाकाव्य लिख रहा था न?

रीता : महाकाव्य?

लक्ष्य : हाँ महाकाव्य। तुझे ये तो पता है कि ये एक चित्रकार है, पर क्या तुझे ये पता है कि ये एक कवि भी है?

[रीता इनेश को प्रश्न भरी निगाहों से देखती है।]

रीता : नहीं, ये मुझे नहीं पता था।

लक्ष्य : इसीलिए तू सिर्फ फ्रेंड है और मैं बेस्ट फ्रेंड। *(आशी से)* पता है आशी, इनेश की एक इमेजिनरी ड्रीम गर्लफ्रेंड है और उसी के लिए ये 108 कविताओं का एक महाकाव्य लिख रहा था 'मेरी अभिलाषा'।

इनेश : दूसरी बात तो ये है कि वो इमेजिनरी नहीं है, हाँ ड्रीम है... पर गर्लफ्रेंड तो बिल्कुल नहीं।

आशी : *(इनेश से)* तो कौन है... ये 'अभिलाषा'?

रीता : *(थोड़ी जलन के साथ)* हाँ हाँ, बताओ तो... कौन है वो कलमुँही।

[आशी, लक्ष्य और इनेश तीनों रीता को देखते हैं। और एक साथ बोलते हैं– कलमुँही...?]

रीता : आई एम जस्ट आस्किंग।

[रीता को समझ नहीं आता कि क्या बोले, वह पकोड़े खाने लगती है।]

लक्ष्य : अरे कोई नहीं है, अगर होती तो मुझे नहीं पता होता।

इनेश : ठीक है भाई, तू सही और मैं गलत।

आशी : पहली बात क्या है?

इनेश : जी?

आशी : अभी आपने कहा था न कि 'दूसरी बात तो ये है', तो पहली बात क्या है?

[एक खामोशी के साथ इनेश और आशी एक-दूसरे को देखते हैं। इनेश मुस्कुराता है।]

लक्ष्य : बेटा मेरी बीवी है, छोटी-छोटी बातें पकड़ लेती है। अब ज़्यादा मुस्कुरा मत और बता पहली बात क्या है?

इनेश : पहली बात ये है कि महाकाव्य रेडी है, बस पब्लिशर ढूँढ रहा हूँ। वैसे एक पब्लिशर मिल भी गया है, उम्मीद है जल्द ही बुक पब्लिश हो जाएगी।

[लक्ष्य खुश होता है और इनेश को ताली देता है।]

लक्ष्य : ये हुई न बात।

रीता : पहली बुक मुझे देना, अभी मैं तुम्हें मिस्टर चित्रकार कहती हूँ, फिर मिस्टर कवि कहा करूँगी।

आशी : मुझे लगता है कि पहली किताब आपको 'अभिलाषा' को देनी चाहिए... अगर कोई है तो।

इनेश : कह तो आप बिल्कुल सही रही हैं।

लक्ष्य : मेरी बीवी कभी गलत कहती भी नहीं।

रीता : *(उठते हुए, थोड़ा अधिकार के साथ)* एक मिनट, पहले ये बताओ कि कौन है वो कलमुँही?

[आशी, लक्ष्य और इनेश तीनों रीता को देखते हैं।]

लक्ष्य : तू क्यों इतना जल-भुन रही है...? ये तेरा बॉयफ्रेंड है क्या...? *(शक भरी निगाहों से देखते हुए)* है क्या?

[रीता को समझ नहीं आता कि क्या बोले, वह चाय पीने लगती है।]

लक्ष्य : डोंट से... आई एम जस्ट आस्किंग।

इनेश : *(बात बदलते हुए)* वैसे एक तीसरी बात भी है।

लक्ष्य : वो क्या है?

इनेश : इस महाकाव्य का बुक कवर ही मेरी वो ड्रीम पेंटिंग होगी, जिसे मैं हमेशा से बनाना चाहता था।

आशी : तो आखिरकार आपने वो बना ही ली!

इनेश : पूरी नहीं... बस एक 'मिसिंग पीस' बाकी है।

रीता : *(हैरानी से)* क्या बना ली? तुम्हारी वो उत्कृष्ट कलाकृति?

इनेश : नहीं, ड्रीम पेंटिंग।

रीता : दोनों अलग हैं?

इनेश : हाँ।

लक्ष्य : *(उठते हुए)* ड्रीम पेंटिंग...? मतलब तूने अपनी उस इमेजिनरी ड्रीम गर्लफ्रेंड की पेंटिंग बना ली?

इनेश : *(उठते हुए)* भाई इमेजिनरी नहीं है वो... ड्रीम है, पर गर्लफ्रेंड नहीं।

लक्ष्य : *(खुश होते हुए)* अरे क्या फर्क पड़ता है। मेरा भाई कामयाब हो रहा है, एक के बाद एक झंडे गाड़ रहा है। एग्ज़िबिशन, ड्रीम पेंटिंग, महाकाव्य– ऑल चेक।

[लक्ष्य इनेश को अपने गले लगाता है। दोनों एक-दूसरे के गले लगते हैं।]

लक्ष्य : भाई, पार्टी तो बनती है।

इनेश : बिल्कुल बनती है।

लक्ष्य : तो चल फिर पार्टी करते हैं।

इनेश : अभी?

लक्ष्य : हाँ... अभी मतलब... अभी।

इनेश : ओके।

[लक्ष्य और इनेश बाहर जाने लगते हैं।]

रीता : जीजू बाहर मौसम खराब हो रहा है और बारिश भी हो सकती है।

लक्ष्य : तो हम क्या माटी के बने हैं जो गल जाएँगे?

[इससे पहले रीता कुछ कहती।]

आशी : रहने दे रीता। दो दोस्त बहुत दिनों बाद मिले हैं, ज़रा ढंग से मिल लेने दे।

लक्ष्य : तुम कहना क्या चाहती हो मैडम?

आशी : कुछ नहीं... जाइए, इससे पहले मौसम ज़्यादा खराब हो जाए और आप बारिश में गल जाओ।

लक्ष्य : तुमसे तो मैं बाद में आकर बात करता हूँ। पहले ज़रा इससे निपट लूँ। *(इनेश से)* चल भाई, पार्टी से पहले तेरी क्लास लेनी है।

इनेश : अब मैंने क्या किया?

लक्ष्य : चल, बताता हूँ।

[लक्ष्य और इनेश घर से बाहर चले जाते हैं। रीता आशी के पास टेबल पर बैठ जाती है।]

रीता : तुझे इनेश कैसा लगा?

आशी : क्यों?

रीता : यार... वो मुझे बहुत अच्छा लगता है।

आशी : अब अच्छा तो लगेगा ही।

रीता : मतलब?

आशी : मतलब... अच्छे लोग अच्छे ही लगते हैं। वैसे तेरा इरादा क्या है?

रीता : इरादा तो नेक है, शादी करनी है।

आशी : तो कर ले शादी, प्रॉब्लम क्या है?

रीता : पापा प्रॉब्लम है यार। पापा को इनेश बिल्कुल भी पसंद नहीं है, और ये तो तू जानती ही है कि मैं चाहकर भी पापा के खिलाफ नहीं जा सकती।

आशी : हाँ... ये तो बहुत बड़ी प्रॉब्लम है। *(गंभीर होकर)* प्यार के मामले में न, ये पापा लोग हमेशा प्रॉब्लम क्रिएट करते हैं।

रीता : हाँ, ये तो है... पापा को मनाने में तू मेरी कुछ हेल्प कर।

आशी : कौन? मैं?

रीता : हाँ तू... और नहीं तो क्या, पड़ोसी?

रीता : पापा तेरी बहुत तारीफ करते हैं– 'हमारी आशी जैसी तो कोई नहीं।' आई एम श्योर, वो तेरी बात नहीं टालेंगे।

आशी : कोशिश करूँगी... पर क्या... इनेश भी तुझे पसंद करता है?

रीता : शायद।

आशी : शायद?

[तभी रीता का मोबाइल बजता है। रीता फोन उठाती है।]

रीता : *(फोन पर)* हैलो... हाँ पापा... अभी आशी के घर पर हूँ... बस थोड़ी देर में निकलती हूँ... ठीक है।

[रीता फोन काट देती है।]

आशी : क्या हुआ?

रीता : पापा थे। मौसम खराब हो रहा है। तू अभी तक घर क्यों नहीं आई? जल्दी घर आ। आशी का नाम लेकर कहीं इनेश के घर मत चली जाना। ब्ला... ब्ला... ब्ला।

आशी : मैं समझ सकती हूँ।

रीता : मैं अभी निकलती हूँ, हम बाद में बात करते हैं।

आशी : ठीक है।

[आशी से गले मिलकर रीता चली जाती है। आशी वहीं बैठी-बैठी कुछ देर सोचती रहती है और फिर उठकर खिड़की की तरफ जाती है और कुछ देर खिड़की के बाहर देखती रहती है। मंच पर अँधेरा हो जाता है और एक स्पॉटलाइट आशी पर आ जाती है।]

आशी : *(एक खामोशी के बाद)* ऐसा मेरे साथ ही क्यों होता है? मैं अपने अतीत से जितना दूर जाना चाहती हूँ... वो उतना ही मेरे पास क्यों आ जाता है? कुछ दिनों से दिल में एक अजीब-सा भारीपन था। *(फिर एक गहरी*

साँस लेती है) क्या उस पतझड़ के टूटे पत्ते... इस पतझड़ में ही हरे होने थे?

[ज़ोर से बिजली कड़कने की आवाज़ के साथ बारिश शुरू हो जाती है।]

आशी : शायद ये बारिश इसलिए हो रही है कि मैं इस बारिश में भीगकर... जी भरकर रो सकूँ, और कोई भी मेरे आँसू न देख सके।

[आशी मुख्य दरवाज़े से घर के बाहर चली जाती है।]

[धीरे-धीरे पर्दा गिर जाता है।]

अंक-2

खिड़की के उस पार

दृश्य-1

[धीरे-धीरे पर्दा उठता है। यह दृश्य भी फ्लैट के उसी ड्रॉइंग रूम का है। आशी सोफे पर लेटी हुई है, उसकी नज़रें खिड़की पर हैं। आशी की तबीयत खराब है और डॉक्टर उसका चेकअप कर रही हैं। लक्ष्य भी पास ही खड़ा है। मौसम अभी भी खराब है, लेकिन बारिश नहीं हो रही है। बाहर तेज़ हवा चल रही है, जिसकी आवाज़ सुनी जा सकती है।]

डॉक्टर : आशी, लगता है कल तुम बारिश में कुछ ज़्यादा ही भीग गई हो।

आशी : जी, शायद।

डॉक्टर : तीन घंटे?

आशी : जी... बारिश बहुत अच्छी लग रही थी।

डॉक्टर : बारिश तो सभी को अच्छी लगती है, लेकिन क्या कोई तीन घंटे बारिश में भीगता है और वो भी पतझड़ के इस ठंडे मौसम में?

आशी : जी... शायद मैं।

[डॉक्टर मुस्कुराती हैं और एक पर्ची पर दवाई लिख कर लक्ष्य को देती हैं।]

डॉक्टर : ये आशी की दवाइयाँ हैं, किसी भी केमिस्ट पर मिल जाएँगी। एक खुराक अभी खाने के बाद, एक शाम को और एक रात को सोने से पहले।

लक्ष्य : जी, ठीक है।

डॉक्टर : आशी, दवाई टाइम पर लेना और पूरा आराम करना।

आशी : जी।

डॉक्टर : और दोबारा बारिश में मत भीगना।

आशी : अपने आप को रोकने की कोशिश करूँगी।

डॉक्टर : लक्ष्य, ये तुम्हारी ज़िम्मेदारी है कि आशी अब दोबारा बारिश में न भीगे।

लक्ष्य : जी, मैं बिल्कुल ध्यान रखूँगा।

डॉक्टर : और तुमसे ये कहने की ज़रूरत तो नहीं है कि आशी का ख्याल रखना?

लक्ष्य : *(आशी को देखते हुए)* जी, बिल्कुल नहीं।

[डॉक्टर अपना ब्रीफ़केस बंद करती हैं।]

डॉक्टर : अभी मैं चलती हूँ, कल सुबह चेकअप के लिए फिर आऊँगी।

लक्ष्य : जी।

[लक्ष्य डॉक्टर को दरवाज़े तक छोड़कर आता है। डॉक्टर चली जाती हैं। लक्ष्य आशी के पास आकर बैठ जाता है। लक्ष्य आशी को देखता है और आशी लक्ष्य को।]

लक्ष्य : जल्दी ठीक हो जाओ... फिर मारम-पिट्टी खेलेंगे।

आशी : तुम्हें मारम-पिट्टी खेलना बहुत अच्छा लगता है।

[आशी के बालों की एक लट उसके चेहरे पर आ रही होती है, लक्ष्य उसे ठीक करता है।]

लक्ष्य : हाँ, लेकिन सिर्फ तुम्हारे साथ।

आशी : *(मज़ाकिया गुस्से में)* मेरे अलावा किसी और के साथ खेल कर तो दिखाना... आता माझी सटकली।

लक्ष्य : अरे मेरी लेडी सिंघम, मैं मज़ाक कर रहा था। वैसे कभी तुम्हारा मन नहीं करता मारम-पिट्टी खेलने का?

आशी : हाँ... तुम्हें मारने-पीटने का मन तो हमेशा करता है।

लक्ष्य : अत्याचारी नारी।

आशी : अत्याचारी नारी हूँ?

लक्ष्य : और नहीं तो क्या, मैं यहाँ प्यार की बातें कर रहा हूँ और तुम मारधाड़ की। पता है, घरेलू हिंसा कानूनन जुर्म है?

आशी : सिर्फ पतियों के द्वारा, पत्नियों के द्वारा नहीं।

लक्ष्य : मतलब तुम पत्नियाँ, हम पतियों को जब चाहे बजा सकती हैं और कहीं कोई सुनवाई ही नहीं है?

आशी : बिल्कुल नहीं है।

लक्ष्य : ये सही है।

आशी : एकदम सही।

लक्ष्य : अच्छा मज़ाक बाद में और ये बताओ क्या खाओगी?

आशी : चाय और बिस्किट।

लक्ष्य : ओके।

[लक्ष्य रसोई में चला जाता है। आशी उठकर बैठ जाती है। लक्ष्य तुरंत वापस आता है।]

लक्ष्य : सॉरी बाबू-सोना, घर में दूध खत्म हो गया है... लेकिन पहले ही बता दूँ कि तुम्हें अकेला छोड़कर मैं अभी कहीं नहीं जाने वाला।

आशी : तो कोई बात नहीं, बिना दूध की चाय ही बना दो।

लक्ष्य : काली चाय? आजकल जिसे देखो वही काली चाय पीने में लगा है।

आशी : अगर चाय नहीं बनानी तो मना कर दो, ड्रामा क्यों कर रहे हो?

लक्ष्य : मैं ड्रामा कर रहा हूँ?

आशी : और नहीं तो क्या? इतनी देर में तो चाय बनकर भी आ जाती।

लक्ष्य : अच्छा... इतनी देर में तो चाय बनकर भी आ जाती? ठीक है, अभी बनाकर लाता हूँ... तुम्हारी काली चाय। *(रसोई की तरफ जाते हुए पलटकर)* अगर तुमने चाय नहीं पी या चाय में कोई कमी निकाली तो देख लेना।

आशी : ठीक है, दिखा देना। वैसे देख तो रखा है और कितनी बार देखूँ? कौन-सा कुछ नया दिखाओगे।

लक्ष्य : एक मिनट... क्या देख रखा है?

आशी : तुम्हारा गुस्सा... देख रखा है मैंने। हर बार एक जैसा ही होता है।

लक्ष्य : इस बार नया होगा।

आशी : ठीक है, वो भी देख लेंगे।

[लक्ष्य आशी को मज़ाक में घूरता है और फिर रसोई में जाने लगता है। आशी उसे रोकती है।]

आशी : और सुनो... चाय में अदरक भी डाल देना।

लक्ष्य : ठीक है, लाता हूँ बनाकर... तुम्हारी बिना दूध की अदरक वाली चाय।

[लक्ष्य रसोई में चला जाता है और आशी खिड़की की तरफ देखने लगती है। कुछ ही देर बाद रीता दबे पाँव अंदर आती है और आशी के पास सोफे पर बैठकर उसे पीछे से पकड़ लेती है।]

रीता : क्या हुआ देवी? आपके मुखचंद्र पर ये उदासी के मेघ क्यों छाए हुए हैं?

आशी : सब तेरी वजह से।

[रीता उठकर सोफे पर आशी के सामने बैठ जाती है।]

रीता : मेरी वजह से? मैंने क्या किया?

आशी : बहुत जल्दी आ गई तू।

रीता : सॉरी यार, घर में कुछ काम था, इसलिए लेट हो गई। तबीयत कैसी है? *(आशी के माथे को छूते हुए)* अरे तुझे तो बुखार है।

[लक्ष्य रसोई से चाय लेकर आता है।]

लक्ष्य : *(रीता से)* वो भी एक सौ दो। *(आशी से)* बाबू-सोना, ये लो तुम्हारी बिना दूध की अदरक वाली चाय।

[आशी चाय लेती है। लक्ष्य रीता को भी चाय देता है, फिर सोफे के बाईं तरफ वाली कुर्सी पर बैठ जाता है।]

रीता : *(चाय लेते हुए)* थैंक्स जीजू। *(आशी से)* तू जल्द ही ठीक हो जा। तुम दोनों शरारतें करते हुए ही अच्छे लगते हो। जीजू को देख... बीमार तू हुई है और चेहरे पर बारह इनके बज रहे हैं।

[लक्ष्य तुरंत अपना चेहरा लटका लेता है।]

रीता : *(ध्यान देते हुए)* जीजू, आप चाय नहीं पीओगे?

लक्ष्य : नहीं, मुझे काली चाय पीने का कोई शौक नहीं है।

आशी : तो फिर तुमने दो कप चाय क्यों बनाई?

लक्ष्य : क्योंकि मुझे पता था... ये टपकने वाली है।

रीता : अच्छा... मैं टपकती हूँ?

लक्ष्य : और नहीं तो क्या, टपकू।

रीता : मैं नहीं, आप टपकू। हम बात कर रहे थे और आप बीच में टपके।

लक्ष्य : मैं नहीं, तू टपकू। फोन किया था तूने *(रीता की नकल करते हुए)* हैलो जीजू, चाय बनाकर रखना। मैं टपकने वाली हूँ।

[लक्ष्य और रीता लड़ने लगते हैं। आशी उन दोनों को रोकती है।]

आशी : अरे, बस करो तुम दोनों। मेरी तबीयत खराब है और तुम दोनों लड़ने में लगे हो। *(मासूमियत से)* कोई मेरा भी तो ख्याल रखो... मैं बीमार हूँ।

रीता : मैं हूँ न तेरा ख्याल रखने के लिए। बोल मेरी बाबू-सोना, क्या चाहिए तुझे?

लक्ष्य : ओ टपकू, तुझसे पहले मैं हूँ।

रीता : हाँ पता है, लेकिन डॉक्टर को तो मैंने भेजा था। *(ध्यान देकर आशी से)* ओए, दवाई खाई तूने?

आशी : दवाई आएगी तो खाऊँगी न।

रीता : जीजू, आप अभी तक दवाई लेकर नहीं आए?

लक्ष्य : आशी को अकेले छोड़कर जाता?

रीता : तो इनेश को बोल देते।

लक्ष्य : उसे फोन किया था, पर उसने बताया कि वो कहीं बाहर है, जैसे ही फ्री होगा आ जाएगा।

रीता : ठीक है, अब मैं आ गई हूँ। आप जाओ दवाई लेकर आओ।

आशी : हाँ, जल्दी जाओ और देर से आना।

लक्ष्य : मुझे ऐसा क्यों लग रहा है कि तुम मुझे भगाना चाहती हो?

आशी : ये आपको बिल्कुल सही लग रहा है।

लक्ष्य : क्या मैं जान सकता हूँ कि तुम मुझ गरीब को भगाना क्यों चाहती हो?

आशी : क्योंकि मुझे रीता से कुछ बातें करनी हैं... लेडीज़ वाली।

लक्ष्य : फिर तो मैं कहीं नहीं जा रहा। मुझे भी तुम लोगों की बातें सुननी हैं... लेडीज़ वाली।

आशी : *(रीता से)* मैं बीमार हूँ... बुखार है मुझे, लेकिन मेरा खसम मेरे लिए दवाई नहीं लाएगा, क्योंकि उसे हमारी बातें सुननी हैं... वो भी लेडीज़ वाली। क्या बताऊँ बहन, ऐसा निकम्मा खसम मिला है मुझे।

लक्ष्य : ठीक है जा रहा हूँ, ओवरएक्टिंग मत करो। *(जाते-जाते रुककर)* दवाई लानी है, दूध लाना है... और?

आशी : लिटिल हार्ट्स वाले बिस्किट भी ले आना।

लक्ष्य : अब ये लिटिल हार्ट्स वाले बिस्किट खाने का क्या लॉजिक है? पहले तो कभी नहीं खाए।

आशी : *(रीता से)* देख ले बहन, अब एक बीमार इंसान अपनी पसंद का कुछ खा भी नहीं सकता?

लक्ष्य : ठीक है ओवरएक्टिंग की दुकान, ले आऊँगा तुम्हारे लिटिल हार्ट्स वाले बिस्किट।

आशी : ओके बाबू-सोना, बाय... सी यू लेटर।

[लक्ष्य आशी को मज़ाक में घूरकर देखता है और फिर चला जाता है।]

रीता : ये लिटिल हार्ट्स वाले कौन से बिस्किट होते हैं?

आशी : दिल की शेप वाले बिस्किट होते हैं।

रीता : जीजू सही पूछ रहे थे... इसका क्या लॉजिक है?

आशी : ज़रूरी नहीं कि हर बात का लॉजिक हो।

[आशी बाहर खिड़की की तरफ देखने लगती है।]

रीता : ये भी ठीक है। खैर छोड़, ये बता क्या बात करनी है? *(रीता देखती है कि आशी बाहर खिड़की की तरफ देख रही है।)* तू बाहर क्या देख रही है?

आशी : तू खिड़की के बाहर दीवार पर लगी उस बेल को देख रही है?

रीता : *(खिड़की के बाहर बेल को देखते हुए)* हाँ।

आशी : बेल पहले बहुत हरी-भरी थी। पर अब उसमें कुछ गिने-चुने पत्ते ही रह गए हैं।

रीता : ये पतझड़ का मौसम है और इस मौसम में पत्ते तो झड़ते ही हैं।

[तभी बेल का एक पत्ता और झड़ता है।]

आशी : देख... एक पत्ता और झड़ गया।

[रीता आशी का ध्यान अपनी तरफ करती है।]

रीता : आशी, बाहर हवा तेज़ चल रही है और फिर ये पतझड़ का मौसम भी है, पत्ते तो झड़ेंगे ही।

आशी : हाँ... पर सारे नहीं।

रीता : अब बेल के सारे पत्ते झड़ जाएँ या एक भी न झड़े। तुझे इससे क्या लेना-देना?

आशी : कुछ नहीं।

रीता : बेल को छोड़ और ये बता, क्या बात करनी थी?

आशी : क्या इनेश भी तुझे पसंद करता है?

रीता : *(हैरानी से)* इनेश?

आशी : हाँ इनेश... और कौन?

[रीता कुछ सोचते हुए बाईं ओर आगे की तरफ आती है, जैसे उसे कुछ याद आया हो।]

रीता : ओह शिट!

[आशी भी उठकर रीता के पास आती है।]

आशी : क्या हुआ...? तू ठीक तो है?

रीता : आज इनेश के साथ मेरी पहली डेट थी और मैं भूल गई। *(थोड़ा गुस्से में)* ये सब तेरी वजह से हुआ है। किसने कहा था तुझे बीमार होने के लिए?

आशी : आई एम सॉरी।

रीता : इट्स ओके... पर अब मैं क्या करूँ?

आशी : अब तू देर मत कर और जा। किसी को इंतज़ार कराना अच्छी बात नहीं है और वो भी पहली डेट पर।

रीता : वही तो, इसीलिए तो मुझे टेंशन हो रही है।

आशी : तो जा फिर... सोच क्या रही है?

रीता : लेकिन तू अकेली है और जीजू पता नहीं कब तक आएँगे। हमने उन्हें देर से आने के लिए कहा है।

आशी : तू मेरी चिंता मत कर। मैं ठीक हूँ और लक्ष्य भी जल्दी आ जाएँगे। तुझे क्या लगता है, मेरी दवाई के मामले में वो देर करेंगे?

रीता : वो तो उड़कर जाएँगे और उड़कर आएँगे।

आशी : हाँ, तो इसलिए अब तू देर मत कर और जा।

रीता : आई एम सॉरी यार।

आशी : तेरे सॉरी का अचार हम कल डालेंगे, अभी तू अपनी डेट पर जा।

[रीता मुस्कुराकर आशी के गले लगती है।]

रीता : *(गले लगते हुए)* चल ठीक है, बाय।

आशी : बाय।

[रीता दाईं ओर के मुख्य दरवाज़े से चली जाती है।]

आशी : *(आवाज़ देते हुए)* और हाँ, खुद ही पटर-पटर मत बोलती रहना, कुछ उसे भी बोलने का मौका देना।

रीता : *(नेपथ्य से)* कोशिश करूँगी।

[रीता चली जाती है। आशी खिड़की के पास जाती है और बेल को देखने लगती है। कुछ देर बाद कोई दरवाज़ा खटखटाता है। आशी पलटकर देखती है तो दरवाज़े पर एक बैग लिए इनेश दिखता है। इनेश को देखकर आशी चौंक जाती है।]

इनेश : क्या मैं अंदर आ सकता हूँ?

आशी : जी आइए।

[इनेश अंदर आता है और टेबल पर रखे चाय के कप को देखता है।]

इनेश : शायद आपकी चाय आपका इंतज़ार कर रही है।

आशी : *(थोड़ा बेरुखी से)* मैंने उसे इंतज़ार के लिए कहा है। वैसे, रीता अभी आपसे ही मिलने बाहर गई है। आज आपकी डेट है न?

इनेश : जी हाँ... पर मैंने उसे इंतज़ार के लिए कहा है।

[आशी इनेश की तरफ थोड़ा हैरानी से देखती है।]

आशी : तो बताइए कैसे आना हुआ?

इनेश : दरअसल, लक्ष्य से मेरी बात हुई थी। उसने बताया कि आपकी तबीयत खराब है। इसलिए सोचा कि एक पड़ोसी होने के नाते आपके हाल-चाल जान लूँ।

आशी : अच्छा, तो आप एक अच्छे पड़ोसी होने का फ़र्ज़ निभा रहे हैं?

इनेश : जी, कोशिश तो यही है।

[इनेश अपने बैग में से कागज का एक बड़ा-सा लिफाफा निकालकर आशी को देता है।]

इनेश : वैसे, मैं आपको ये देने आया था।

आशी : ये क्या है?

इनेश : लिटिल हार्ट्स वाले बिस्किट।

[आशी एक बार इनेश को देखती है।]

आशी : माफ कीजिए... पर मुझे लिटिल हार्ट्स वाले बिस्किट पसंद नहीं।

इनेश : तो फिर आपने लक्ष्य से क्यों मंगाए थे?

आशी : ये आपसे लक्ष्य ने लाने के लिए कहा था?

इनेश : जी... वापस लौटते समय जब मैंने लक्ष्य से पूछा कि क्या मैं कोई मदद कर सकता हूँ, तो उसने कहा कि दवाई लाने में उसे देर हो सकती है और तब तक आपकी चाय ठंडी हो जाएगी। अगर मैं घर जा रहा हूँ, तो आपके लिए ये बिस्किट लेता जाऊँ।

[आशी बिस्किट ले लेती है।]

आशी : मैं इसके पैसे दे देती हूँ।

इनेश : उसकी ज़रूरत नहीं है, कॉलेज में लक्ष्य के बहुत एहसान हैं मुझ पर।

आशी : लगता है और भी कई लोगों के एहसान हैं आप पर।

इनेश : जी, पर कुछ लोगों के एहसान कभी उतार नहीं सकता।

आशी : पर कुछ लोगों के एहसान तो उतार दिए हैं आपने।

इनेश : मैं कुछ समझा नहीं।

आशी : आप समझ भी नहीं पाएँगे। जाइए... रीता आपका इंतज़ार कर रही होगी। उसके भी कुछ एहसान हैं आप पर।

इनेश : जी, आप बिल्कुल सही कह रही हैं। मैं चलता हूँ... अपना ख्याल रखना।

आशी : लक्ष्य है, मेरा ख्याल रखने के लिए।

[एक खामोशी के साथ दोनों कुछ पल के लिए एक-दूसरे की आँखों में देखते हैं। फिर आशी खिड़की की तरफ पलट जाती है। इनेश कुछ देर आशी को देखता है, शायद कुछ कहना चाहता है पर कह नहीं पाता। वह धीरे से 'हाँ' में सिर हिलाता है और चला जाता है। इनेश के जाने के बाद आशी पलटकर दरवाज़े की तरफ देखती है। उसके चेहरे की सख्ती पिघल जाती है। फिर आशी खिड़की के पास जाती है और बिस्किट खाते हुए बाहर बेल की तरफ देखने लगती है।]

आशी : खिड़की के उस पार
हवाओं का रुख बदला है,
या मौसम ने कोई साज़िश की है?
मेरे अंदर ये कैसी
यादों ने आज बारिश की है।
मैंने तो समेट लिया था

खुद को एक नए लिफाफे में,
फिर किसने ये पुरानी राख...
कुरेदने की कोशिश की है?

यहाँ सब कुछ है,
रोशनी है, रंग है, मुस्कान है,
फिर क्यों मन का एक कोना
सुनसान है?
दुनिया को लगता है
मेरी कहानी मुकम्मल हो गई,
पर सच कहूँ...
मेरी खुद की कोई पहचान खो गई।

दिल धड़क रहा है ऐसे
कोई इम्तिहान बाकी है,
बंद खिड़कियों के पीछे
शायद कोई तूफान बाकी है।
मैं खुश हूँ
या बस खुश होने का ढोंग कर रही हूँ?
क्यों लग रहा है...
अभी कोई पुराना हिसाब बाकी है?

[कुछ देर बाद तेज़ हवा के झोंके के साथ बेल का एक सूखा पत्ता उड़कर खिड़की से अंदर आता है और आशी के कदमों में गिर जाता है। आशी उस पत्ते को उठाकर देखने लगती है।]

[धीरे-धीरे मंच पर अँधेरा हो जाता है।]

दृश्य-2

[बिजली कड़कने की आवाज़ के साथ मंच पर रोशनी होती है। यह दृश्य भी फ्लैट के उसी ड्रॉइंग रूम का है। आशी सोफे पर लेटी हुई है और उसका ध्यान खिड़की की तरफ है। आशी के बाईं तरफ डॉक्टर खड़ी हैं और उसका चेकअप कर रही हैं। लक्ष्य भी पास ही आशी के दाईं तरफ खड़ा है। मौसम अभी भी खराब है। बारिश तो नहीं हो रही है, लेकिन बिजली कड़कने पर उसकी आवाज़ सुनी जा सकती है।]

डॉक्टर : आशी, लगता है तुम दवाई नहीं खा रही हो। *(आशी का ध्यान खिड़की की तरफ ही रहता है)* आशी... मैं तुमसे कुछ पूछ रही हूँ।

[आशी कोई जवाब नहीं देती।]

लक्ष्य : *(आशी के कंधे पर हाथ रखते हुए)* आशी...

आशी : *(ध्यान देते हुए)* हाँ?

लक्ष्य : डॉक्टर तुमसे कुछ पूछ रही हैं... तुम्हारा ध्यान कहाँ है?

आशी : *(ध्यान देते हुए डॉक्टर से)* जी कहिए।

डॉक्टर : मैं पूछ रही हूँ... क्या तुम दवाई टाइम पर ले रही हो?

आशी : *(हल्का-सा झिझकते हुए)* जी... जी, हाँ।

डॉक्टर : लगता तो नहीं, क्योंकि तुम्हारा बुखार उतरने के बजाय बढ़ गया है... एक सौ तीन डिग्री हो गया है।

[आशी कोई जवाब नहीं देती और फिर से खिड़की की तरफ देखने लगती है। बिजली कड़कने की आवाज़

सुनाई देती है। डॉक्टर अपना ब्रीफ़केस बंद करती हैं और लक्ष्य को अपने साथ चलने के लिए कहती हैं।]

डॉक्टर : लक्ष्य, ज़रा मेरे साथ आओ।

लक्ष्य : जी।

[लक्ष्य और डॉक्टर आशी से थोड़ा दूर, दाईं ओर मुख्य दरवाज़े के पास आ जाते हैं।]

डॉक्टर : तुम क्या करते हो?

लक्ष्य : हमारा सेल्स एंड परचेज़ का फैमिली बिज़नेस है और एक थिएटर ग्रुप भी है। मैं और आशी अपने पहले नाटक की तैयारी कर रहे हैं।

[डॉक्टर एक बार आशी की तरफ देखती हैं।]

डॉक्टर : लक्ष्य, मुझे लगता है कि तुम्हें कुछ दिनों के लिए ये सब छोड़ना पड़ेगा।

लक्ष्य : मैं... कुछ समझा नहीं।

डॉक्टर : देखो, मौसम बदल रहा है और सर्दियाँ शुरू हो रही हैं। आमतौर पर इस मौसम में बारिश नहीं होती। लेकिन अगर बारिश हो तो ऐसी बारिश में भीगना कितना खतरनाक हो सकता है, इसका अंदाज़ा तो तुम लगा ही सकते हो।

लक्ष्य : जी, मुझे अंदाज़ा है।

डॉक्टर : और वो भी तीन घंटे... इसीलिए आशी को निमोनिया हो गया है।

लक्ष्य : कोई चिंता की बात तो नहीं है न, डॉक्टर?

डॉक्टर : अगर दवाई टाइम पर ली जाए तो निमोनिया की तो कोई चिंता नहीं है, लेकिन मुझे डर किसी और बात का है।

लक्ष्य : किस बात का डर है? प्लीज़, आप मुझे बताइए।

डॉक्टर : वो तो मुझे नहीं पता, पर मुझे लगता है कि कोई तो बात है जो अंदर ही अंदर आशी को खाए जा रही है। आशी ठीक हो सकती है, अगर वो चाहे तो।

[बिजली कड़कने की आवाज़ सुनाई देती है।]

लक्ष्य : आपका मतलब है कि आशी खुद ठीक होना नहीं चाहती?

डॉक्टर : शायद हाँ।

लक्ष्य : पर क्यों?

डॉक्टर : ये तो अब तुम्हें आशी ही बता सकती है। उसका ख्याल रखना और दवाई अपने हाथ से खिलाना। मुझे नहीं लगता कि वो खुद दवाई खाएगी। सुबह से कुछ खाया है इसने?

लक्ष्य : जी नहीं... कल रात को भी बस चाय के साथ बिस्किट खाए थे।

डॉक्टर : ठीक है... खाना हल्का ही देना, अगर हो सके तो खिचड़ी या दलिया, लेकिन सिर्फ बिस्किट से काम नहीं चलेगा। अभी मैं चलती हूँ। आज मौसम खराब है, इसलिए अब मैं कल सुबह ही चेकअप के लिए आऊँगी।

लक्ष्य : जी, ठीक है।

[डॉक्टर चली जाती हैं। लक्ष्य आशी की तरफ देखता है। आशी एकटक खिड़की के बाहर बेल को देख रही होती है। बिजली कड़कने की आवाज़ सुनाई देती है।]

[धीरे-धीरे मंच पर अँधेरा हो जाता है।]

दृश्य-3

[बिजली कड़कने की आवाज़ के साथ मंच पर रोशनी होती है। यह दृश्य भी फ्लैट के उसी ड्रॉइंग रूम का है। आशी सोफे पर तकिए के सहारे आधी लेटी और आधी बैठी हुई है और बिना दूध की अदरक वाली चाय पीते हुए खिड़की के बाहर देख रही है। बाईं ओर रसोई से लक्ष्य ट्रे में एक कटोरी दलिया लेकर आता है। तभी रीता भी दाईं ओर के मुख्य दरवाज़े से अंदर आती है।]

लक्ष्य : आशी, देखो मैंने तुम्हारे लिए क्या बनाया है?

रीता : क्या बनाया है?

लक्ष्य : दलिया।

रीता : *(मुँह बनाकर)* दलिया?

लक्ष्य : डॉक्टर ने यही देने के लिए कहा है।

रीता : वाओ, दलिया! आई लव दलिया।

आशी : *(खिड़की की तरफ देखते हुए ही)* फिर तू ही खा ले... दलिया।

रीता : पर ये तेरे लिए है मेरी बाबू-सोना। देख, जीजू ने कितने प्यार से बनाया है।

आशी : मुझे नहीं खाना दलिया।

[लक्ष्य आशी के पास सोफे पर बैठ जाता है। रीता भी सोफे के दाईं तरफ वाली कुर्सी पर बैठ जाती है।]

लक्ष्य : बाबू-सोना, तुमने सुबह से कुछ भी नहीं खाया है, कल रात को भी तुमने बस बिस्किट ही खाए थे।

आशी : तो बिस्किट ही खिला दो।

लक्ष्य : बिस्किट खत्म हो गए हैं... अगर कहो तो तुम्हारे फेवरेट प्याज़ के पराठे बना दूँ?

आशी : नहीं।

लक्ष्य : तो कुछ और बना दूँ?

आशी : नहीं।

[लक्ष्य दलिया वाली ट्रे टेबल पर रख देता है और आशी का चेहरा अपने हाथों में लेकर कहता है।]

लक्ष्य : तो फिर...? अगर कोई बात है, तो मुझे बताओ।

आशी : कोई बात नहीं है लक्ष्य... बस मेरा कुछ खाने का मन नहीं है। चाय के साथ बिस्किट खा लूँगी।

लक्ष्य : पर घर में बिस्किट नहीं हैं।

रीता : कोई बात नहीं... शायद मेरे पर्स में हैं।

लक्ष्य : नहीं, मैडम को सिर्फ लिटिल हार्ट्स वाले बिस्किट ही खाने हैं।

रीता : अरे यार, ये लिटिल हार्ट्स वाले बिस्किट का क्या चोचला है? कल इनेश भी लेकर घूम रहा था।

लक्ष्य : उसे मैंने ही कहा था, आशी के लिए लाने को।

रीता : ठीक है, पर ये स्यापा क्या है?

लक्ष्य : *(मज़ाकिया अंदाज़ में)* मुझे क्या पता, अपनी बहन से पूछो। होगी, इसकी कोई स्कूल की प्रेम कहानी... क्योंकि कॉलेज में तो मैं था।

[आशी लक्ष्य को देखती है और रीता एकदम खामोश हो जाती है।]

आशी : तुम मेरे लिए एक बिस्किट नहीं ला सकते?

लक्ष्य : बाबू-सोना, लाने को तो मैं तुम्हारे लिए हिमालय भी ला सकता हूँ, लेकिन अभी तुम्हें अकेला छोड़कर कहीं नहीं जा सकता।

आशी : मैं अकेली कहाँ हूँ? रीता है न मेरे साथ।

लक्ष्य : नहीं, मैं नहीं जाऊँगा।

रीता : जीजू, टेंशन मत लो... मैं हूँ न, आप जाओ।

लक्ष्य : तू है, यही तो टेंशन है। तू वही है न... जो कल मेरी आशी को अकेला छोड़कर डेट पर भाग गई थी? वो तो अच्छा हुआ मैं जल्दी आ गया।

रीता : अरे आशी ने ही कहा था, चली जा।

आशी : आशी ने कहा और तू चली गई? इनेश डेट छोड़कर आ गया, लेकिन तू चली गई और फिर उसे भी बुला लिया? एक मिनट... आज तो कोई डेट नहीं है न तेरी?

रीता : नहीं... इनेश की कोई मीटिंग है किसी पब्लिशर के साथ 'मेरी अभिलाषा' को लेकर।

लक्ष्य : अरे हाँ, सुबह बात हुई थी उससे। मीटिंग कैंसिल कर रहा था, लेकिन मैंने ज़बरदस्ती भेजा। फाइनली उसकी लाइफ में सब ठीक चल रहा है। मैं उसे डिस्टर्ब नहीं करना चाहता।

रीता : वाओ, क्या दोस्ती है।

लक्ष्य : हाँ, तेरी तरह नहीं हैं हम।

रीता : अच्छा, अब आप जाओ और बिस्किट लेकर आओ। आज मैं आशी को छोड़कर कहीं नहीं जाऊँगी।

लक्ष्य : घर से फोन आ गया तो?

रीता : नहीं आएगा, मैं पापा से कहकर आई हूँ कि आशी की तबीयत खराब है, इसलिए देर हो सकती है।

आशी : प्लीज़ लक्ष्य, बिस्किट ले आओ। मुझे भूख लगी है।

लक्ष्य : अच्छा, ठीक है। जा रहा हूँ... सिर्फ तुम्हारे लिए।

[लक्ष्य न चाहते हुए भी चला जाता है। रीता आशी के पास सोफे पर उसके सामने आकर बैठ जाती है, जहाँ लक्ष्य बैठा था।]

रीता : अभी तबीयत कैसी है तेरी?

आशी : मेरा तो इलाज चल रहा है। तू बता... तेरी डेट कैसी रही?

रीता : काहे की डेट यार? इंडिया हैबिटेट सेंटर में 'मकबूल फिदा हुसैन' की पेंटिंग एग्ज़िबिशन चल रही थी। बस, कल वही देखते रहे। फिर डिनर के लिए गए और उसके बाद घर।

आशी : किसके घर?

रीता : अपने-अपने घर... इनेश वैसा लड़का नहीं है।

आशी : पता है।

रीता : तुझे कैसे पता?

[आशी कुछ नहीं कहती। बस कुछ सोचते हुए उठती है और खिड़की के पास जाकर खड़ी हो जाती है। रीता उसे देखती रहती है।]

रीता : आशी?

आशी : पहले ये बता डिनर पर क्या बातें हुई? तूने इनेश से अपने मन की बात कही?

रीता : नहीं, पर हिंट दे दिया।

आशी : *(रीता की तरफ पलटकर)* कैसे?

रीता : पब्लिशर इनेश से जल्दी बुक पब्लिश करवाने के लिए कह रहा है लेकिन इनेश की ड्रीम पेंटिंग अभी रेडी नहीं है जो बुक कवर भी होगी। याद है, इनेश ने किसी मिसिंग पीस के बारे में कहा था?

आशी : हाँ।

रीता : इनेश को पेंटिंग में 'अभिलाषा' का हाथ खाली-सा लग रहा है। पूछ रहा था... 'अभिलाषा' के हाथ में क्या दूँ? *(थोड़ा हँसते हुए)* मैंने बोल दिया कि अपना दिल निकाल कर दे दो, क्योंकि मुझे तो अपना दिल तुम दोगे नहीं।

आशी : ठीक किया, जो अपने मन की बात का इशारा दे दिया। कभी-कभी ये भी ज़रूरी होता है।

रीता : बहुत ज़रूरी होता है, नहीं तो बाद में सारी ज़िन्दगी अफसोस रहता है कि काश कोई इशारा ही दे दिया होता।

आशी : वो तो है... फिर इनेश ने क्या कहा?

रीता : उसने कहा कि ऐसा कुछ नहीं है।

आशी : फिर?

[रीता भी उठकर आशी के पास जाती है।]

रीता : फिर... पापा का फोन आ गया और हमें निकलना पड़ा।

आशी : ये पापा लोग की टाइमिंग बहुत खराब होती है न?

रीता : हमारे हिसाब से, उनके हिसाब से तो टाइमिंग एकदम परफेक्ट होती है।

[आशी मुस्कुरा देती है और वापस पलटकर खिड़की के बाहर बेल को देखने लगती है।]

रीता : तू फिर खिड़की के बाहर देख रही है... ऐसा क्या है बाहर?

[बिजली कड़कने की आवाज़ के साथ बेल का एक पत्ता झड़ता है। यहाँ से बिजली कड़कने की आवाज़ पत्ते के झड़ने का प्रतीक रहेगी।]

आशी : अब उस बेल में सिर्फ दस पत्ते रह गए हैं।

रीता : यार तू बेल और उसके पत्तों को गोली मार। क्या फर्क पड़ता है? ये पतझड़ का मौसम है और पत्ते तो झड़ेंगे ही। तू ये बता, क्या बात करनी थी?

[आशी खामोश खड़ी खिड़की के बाहर देखती रहती है।]

रीता : अब कुछ बोलेगी भी या सिर्फ पत्तों को देखती रहेगी?

आशी : ऐसा क्यों होता है रीता? एक पतझड़ में टूटे पत्ते दूसरे पतझड़ में हरे क्यों हो जाते हैं? ये पतझड़ का मौसम है और पतझड़ का मौसम... मुझे बिल्कुल पसंद नहीं है।

रीता : क्यों?

आशी : क्योंकि पतझड़ के ऐसे ही एक मौसम में... मैंने न चाहते हुए भी... इनेश को खो दिया था।

[तभी बिजली कड़कने की आवाज़ के साथ बेल का एक पत्ता और झड़ता है।]

रीता : आशी... ये क्या कह रही है तू?

आशी : रीता, इनेश वही लड़का है जिसके बारे में तू मुझसे अक्सर पूछा करती थी।

[यह कहते हुए आशी खिड़की के पास से मंच के मध्य में आगे की तरफ आती है।]

आशी : इनेश को मैं बचपन से जानती हूँ। इनेश के माता-पिता नहीं थे और वो अपने एक मुँहबोले चाचा-चाची के साथ रहता था। चाची थोड़ी खड़ूस थी, पर चाचाजी बहुत अच्छे इंसान थे। वो एक बेकरी की दुकान पर काम करते थे, जहाँ वो लिटिल हार्ट्स वाले बिस्किट बनाया करते थे। *(हल्का-सा मुस्कुराकर)* मुझे और इनेश को वो बिस्किट फ्री में खाने को मिलते थे... लेकिन बाद में पापा की वजह से चाचाजी को वो दुकान छोड़नी पड़ी।

रीता : बहुत मुश्किल रहा होगा उनके लिए?

आशी : हाँ... इनेश बचपन से ही बाकी लड़कों से अलग था। उसके कोई दोस्त नहीं थे, सिवाय मेरे। बचपन तक तो ठीक था, लेकिन जब हम बड़े हुए तो हमारा मिलना-जुलना पापा को पसंद नहीं आया।

रीता : क्यों?

आशी : क्योंकि इनेश गंरीब था... हम अमीर थे और पापा के अकॉर्डिंग दोस्ती तो बराबरी वालों में होती है। खैर, इनेश की एक आदत पापा को पसंद नहीं थी और एक मुझे।

रीता : ताऊजी को इनेश की क्या बात पसंद नहीं थी?

आशी : खुद्दारी... इनेश गरीब ज़रूर था लेकिन किसी से भीख नहीं माँगता था और पापा हमेशा उसे नीचा दिखाकर बात करते थे।

रीता : और तुझे इनेश की क्या आदत पसंद नहीं थी?

आशी : इनेश सिर्फ मेरी पेंटिंग्स बनाता था और मैं नहीं चाहती थी कि वो अपना टैलेंट इस तरह मुझ पर बर्बाद करे। इस बात को लेकर कई बार इनेश से मेरा झगड़ा भी हुआ। एक दिन मैंने गुस्से में इनेश से कह दिया कि 'तुम अपने जीवन की सबसे शानदार पेंटिंग कभी नहीं बना पाओगे'।

रीता : फिर?

आशी : फिर इनेश ने कसम खाई कि जब तक वो अपने जीवन की सबसे शानदार पेंटिंग नहीं बना लेता, तब तक वो 'अभिलाषा' के अलावा किसी और लड़की की पेंटिंग नहीं बनाएगा।

[रीता आशी के पास जाती है।]

रीता : आखिर ये 'अभिलाषा' है कौन?

आशी : उसकी ड्रीम गर्ल।

रीता : इमेजिनरी...?

आशी : पता नहीं...

रीता : उसके बाद?

आशी : उसके बाद छह महीने तक इनेश न तो मुझसे मिला और न ही कोई बात की।

रीता : तुम दोनों छह महीने तक एक-दूसरे से दूर रहे?

आशी : हाँ, पापा बहुत खुश थे।

रीता : फिर?

आशी : फिर छह महीने बाद जब इनेश मुझसे मिला तो उसके हाथ में लिटिल हार्ट्स वाले बिस्किट थे।

रीता : लिटिल हार्ट्स वाले बिस्किट?

आशी : हाँ... वो बिस्किट इनेश की पहली कमाई के थे। हमने पहली बार वो बिस्किट खरीदकर खाए थे। इनेश ने अपने जीवन की पहली पेंटिंग बेची थी... जिसके उसे सिर्फ पचास रुपये मिले थे। हमने वो बिस्किट इनेश के घर पर बिना दूध की अदरक वाली चाय के साथ खाए थे, क्योंकि इनेश के घर में दूध नहीं था। तभी से इनेश को बिना दूध की अदरक वाली चाय पीने की आदत है।

रीता : और तुझे भी?

आशी : पता नहीं।

रीता : फिर क्या हुआ?

आशी : *(वापस बेल की तरफ जाते हुए)* तू इस बेल को देख रही है?

रीता : हाँ।

आशी : बचपन में इनेश और मैंने इस बेल को इस उम्मीद के साथ लगाया था कि जैसे-जैसे ये बेल बढ़ेगी हमारी दोस्ती और हमारा प्यार भी बढ़ेगा... लेकिन हुआ इसका उल्टा, जैसे-जैसे ये बेल बड़ी होती गई... हमारी दोस्ती, हमारा प्यार कम होता गया। दिल से तो नहीं, पर हालातों से ज़रूर। *(रीता की तरफ पलटकर)* फिर एक दिन इनेश ने मुझे प्रपोज़ किया और मैंने उसका प्रपोज़ल ये कहकर रिजेक्ट कर दिया कि हम सिर्फ दोस्त हैं।

[बिजली कड़कने की आवाज़ के साथ बेल का एक पत्ता और झड़ता है।]

रीता : प्रपोज़ल रिजेक्ट कर दिया! पर क्यों?

आशी : जिस तरह तू चाहकर भी चाचाजी के खिलाफ नहीं जा सकती, ठीक उसी तरह मैं भी पापा के खिलाफ नहीं जा सकती थी और... तब हम बालिग भी नहीं थे। हमारा प्यार तो परिपक्व था पर हम नहीं। लेकिन किस्मत का खेल देखो पापा ने इनेश के डर से मुंबई के जिस महंगे कॉलेज में मेरा एडमिशन करवाया, इनेश भी उसी कॉलेज में था। उसे स्कॉलरशिप मिली थी। मैंने कॉलेज में इनेश को ऐसा दिखाया कि मैं लक्ष्य को पसंद करती हूँ, ताकि इनेश मुझसे दूरी बनाकर रखे और पापा कॉलेज में आकर कोई बखेड़ा खड़ा न कर दें जिससे इनेश की पढ़ाई में कोई दिक्कत या रुकावट आए।

[आशी खिड़की के बाहर बेल को देखने लगती है।]

आशी : एक बार इनेश की पढ़ाई पूरी हो जाती, वो कामयाब हो जाता तो मैं इनेश से अपने मन की बात कह देती और शायद तब पापा भी मान जाते।

[रीता भी आशी के पास जाती है।]

रीता : क्या तुझे पता था कि लक्ष्य और इनेश दोस्त हैं?

आशी : *(रीता की तरफ पलटकर)* नहीं, तब मुझे नहीं पता था कि लक्ष्य और इनेश दोस्त हैं। *(हल्की-सी व्यंग्य मुस्कान के साथ)* लेकिन मेरी किस्मत एक दूसरा खेल भी खेल रही थी... लक्ष्य पापा के बेस्ट फ्रेंड के बेटे निकले। जब पापा को पता चला कि इनेश भी उसी कॉलेज में है तो उन्होंने तुरंत मेरी शादी लक्ष्य से तय कर दी। सब कुछ इतनी तेज़ी से हुआ कि मुझे सोचने तक का मौका नहीं मिला, जब मैंने देखा कि लक्ष्य

मुझसे बहुत प्यार करते हैं तो मैंने हालातों से समझौता कर लिया और सोचा कि लक्ष्य का प्यार मुझे सब भुला देगा।

रीता : तो क्या तू इनेश को भूल पाई?

आशी : *(खिड़की की तरफ पलटकर)* अभी मैं इनेश को भूलने की कोशिश कर ही रही थी कि मेरी किस्मत मुझे वापस इसी घर में ले आई और मेरा अतीत एक ऐसा वर्तमान बनकर मेरे सामने खड़ा हो गया जिसका अब कोई भविष्य नहीं है।

रीता : आशी, अगर हम अतीत में की हुई गलतियाँ वर्तमान में न दोहराएँ तो एक अच्छा भविष्य बन सकता है। जो गलतियाँ तूने अपने अतीत में की थीं, मैं उन्हें अपने वर्तमान में नहीं करूँगी। लेकिन जो गलतियाँ तू अपने अतीत में कर चुकी है, अगर इस तरह उन्हें अपने वर्तमान में पकड़कर न बैठे तो तेरा भविष्य बहुत बेहतर हो सकता है।

आशी : *(रीता की तरफ पलटकर)* तू कहना क्या चाहती है?

रीता : यही कि जीजू तुझसे बहुत प्यार करते हैं...

आशी : और तू इनेश से। तू मेरी चिंता मत कर, मैं तुम दोनों के बीच नहीं आऊँगी।

रीता : आशी, तू गलत समझ रही है।

आशी : गलत तो तू मुझे समझ रही है। मैंने तुझे ये सब इसलिए नहीं बताया है कि मैं अब भी इनेश से प्यार करती हूँ, बल्कि इसलिए बताया है कि मेरे मरने के बाद जब तुझे सच्चाई का पता चले तो तू मुझे दोष न दे।

रीता : *(थोड़ा हैरानी से)* तेरे मरने के बाद? *(गुस्से में)* मरें तेरे दुश्मन और जो कुछ भी हुआ उसे भूल जा। समझ ले, न तो तूने मुझसे कुछ कहा और न ही मैंने कुछ सुना। ये सब फालतू की बकवास छोड़ और इधर आ।

[रीता आशी को सोफे के पास लेकर जाती है।]

आशी : रीता, मुझसे एक वादा करेगी?

रीता : क्या?

आशी : वादा कर... तू इनेश को कभी नहीं बताएगी कि मैं भी उससे प्यार करती थी। *(रीता कुछ नहीं कहती)* प्लीज़ रीता...

रीता : ठीक है, नहीं बताऊँगी।

आशी : वादा कर।

रीता : मैं वादा करती हूँ कि इनेश को कुछ नहीं बताऊँगी। चल... अब तू आराम कर।

[रीता आशी को सोफे पर बैठा देती है। आशी का ध्यान बेल की तरफ जाता है। तभी बिजली कड़कने की आवाज़ के साथ बेल का एक पत्ता और झड़ता है।]

आशी : देख, अब उस बेल पर सिर्फ सात पत्ते रह गए हैं।

रीता : हाँ तो?

आशी : जब उस बेल के सारे पत्ते झड़ जाएँगे... तो मैं मर जाऊँगी।

रीता : क्या बकवास कर रही है?

आशी : मैं सच कह रही हूँ रीता। यही मेरी ज़िन्दगी की कहानी है... एक पतझड़ में इस घर से जाना और एक

में वापस आना... फिर जाना और फिर आना... अब ये मेरा आखिरी पतझड़ है।

रीता : *(गुस्से में)* आशी, तू न पागल हो गई है। मुझे लगता है कि बुखार तेरे दिमाग में चढ़ गया है। दवाई खाई तूने? तू अभी दवाई खा और आराम कर।

[रीता टेबल पर दवाई ढूँढती है।]

आशी : रीता, तू जा यहाँ से। मैं बेल के सारे पत्ते झड़ते हुए देखना चाहती हूँ। ये मेरी ज़िन्दगी का आखिरी दिन है और ये मेरा आखिरी पतझड़।

[रीता आशी के पास बैठकर उसका चेहरा अपने हाथों में लेती है और उसे समझाती है।]

रीता : *(समझाते हुए)* आशी, मेरी बाबू-सोना, समझने की कोशिश कर। ये पतझड़ का मौसम है और इस मौसम में पत्ते झड़ते ही हैं। जैसा तू सोच रही है, वैसा कुछ भी नहीं है।

आशी : ऐसा ही है। जब उस बेल के सारे पत्ते झड़ जाएँगे... तो मैं मर जाऊँगी।

[इस दौरान आशी का पूरा ध्यान बेल पर ही रहता है।]

रीता : आशी... आशी मेरी तरफ देख।

आशी : रीता, तू जा यहाँ से। मुझे उस बेल के आखिरी पत्ते झड़ते हुए देखने हैं।

[बिजली कड़कने की आवाज़ के साथ बेल का एक पत्ता और झड़ता है।]

आशी : देख, एक पत्ता और झड़ गया। अब उस बेल में सिर्फ छह पत्ते रह गए हैं।

[तभी लक्ष्य किसी से फोन पर बात करते हुए इनेश के साथ अंदर आता है। इनेश के हाथ में लिटिल हार्ट्स वाले बिस्किट का लिफाफा होता है। रीता लक्ष्य के पास दरवाज़े पर जाती है।]

रीता : जीजू।

[लक्ष्य रीता को एक मिनट रुकने का इशारा करता है।]

लक्ष्य : दरअसल मैं कुछ दिन बिज़ी हूँ, इसलिए जब तक मैं वापस नहीं आ जाता तब तक मेरा दोस्त इनेश ऑफिस का सारा काम संभालेगा। प्लीज़, अब मुझे कुछ दिनों के लिए डिस्टर्ब मत करना।

[लक्ष्य फोन काट देता है। आशी का ध्यान लक्ष्य और इनेश की तरफ नहीं जाता। वह तो बस बेल को ही देखती रहती है।]

रीता : जीजू, लगता है आशी की तबीयत ज़्यादा खराब हो गई है।

[लक्ष्य और इनेश एक साथ पूछते हैं– क्या हुआ?]

[रीता एक बार इनेश को देखती है, फिर लक्ष्य से कहती है।]

रीता : *(लक्ष्य से)* बहकी-बहकी बातें कर रही है। मुझे तो लगता है कि बुखार उसके दिमाग में चढ़ गया है। कह रही है कि 'जब उस बेल के सारे पत्ते झड़ जाएँगे... तो मैं मर जाऊँगी।'

इनेश : क्या?

लक्ष्य : ये क्या बकवास है?

रीता : बकवास ही है, लेकिन अब उस बेल में सिर्फ छह पत्ते रह गए हैं।

[लक्ष्य आशी के पास जाता है और सोफे पर उसके सामने बैठ जाता है, लेकिन आशी खिड़की की तरफ ही देखती रहती है। लक्ष्य भी खिड़की की तरफ देखता है।]

इनेश : रीता, ये पतझड़ का मौसम है और इस मौसम में तो पत्ते झड़ते ही हैं।

रीता : मैंने भी उसे यही समझाया था, पर वो समझ ही नहीं रही।

[लक्ष्य उठकर खिड़की के पास जाता है।]

लक्ष्य : बाहर मौसम बहुत खराब हो रहा है। हवा भी तेज़ चलने लगी है। शायद तूफान आने वाला है। मैं खिड़की बंद कर देता हूँ।

[लक्ष्य खिड़की बंद करने की कोशिश करता है लेकिन आशी उसे रोक देती है।]

आशी : लक्ष्य, प्लीज़... खिड़की बंद मत करना।

लक्ष्य : लेकिन आशी, बाहर मौसम खराब हो रहा है।

आशी : लेकिन हम तो अंदर हैं। प्लीज़ लक्ष्य, तुम्हें मेरी कसम, खिड़की बंद मत करना।

लक्ष्य : ठीक है... नहीं बंद करता।

[लक्ष्य खिड़की बंद नहीं करता और वापस आशी के पास आकर सोफे पर बैठ जाता है। लक्ष्य आशी को देखता रहता है और आशी बेल को।]

इनेश : इस मौसम में उस बेल के सारे पत्ते झड़ जाते हैं।

रीता : इनेश, मुझे डर लग रहा है। कहीं ऐसा न हो कि बेल के सारे पत्ते झड़ते ही आशी...

[इनेश रीता के मुँह पर अपना हाथ रख देता है।]

इनेश : जैसा तुम सोच रही हो, वैसा कुछ नहीं होगा।

रीता : इनेश, मुझे लगता है कि अब तुम्हें जाना चाहिए।

इनेश : मुझे भी कुछ ऐसा ही लग रहा है... मेरा अब यहाँ रहना ठीक नहीं है।

[इधर, इनेश रीता को बिस्किट वाला लिफाफा देता है। उधर, बिजली कड़कने की आवाज़ के साथ बेल का एक पत्ता और झड़ता है।]

आशी : पाँच...

[इनेश चला जाता है।]

[धीरे-धीरे मंच पर अँधेरा हो जाता है।]

दृश्य-4

[बादलों की गड़गड़ाहट के साथ मंच पर रोशनी होती है। इस दृश्य में बिजली कड़कने की आवाज़ पत्ते के झड़ने का प्रतीक रहेगी। यह दृश्य भी फ्लैट के उसी ड्रॉइंग रूम का है। आशी सोफे पर तकिए के सहारे आधी लेटी और आधी बैठी हुई, खिड़की के बाहर बेल को ही देख रही है। ठंड से बचाव के लिए आशी ने एक शॉल ओढ़ रखी है। लक्ष्य रसोई से चाय बनाकर लाता है।]

लक्ष्य : बाबू-सोना, ये लो तुम्हारी बिना दूध की अदरक वाली चाय।

[आशी चाय के साथ बिस्किट खाती है। लक्ष्य आशी के पास सोफे पर ही उसके सामने बैठ जाता है। तभी बिजली कड़कने की आवाज़ के साथ बेल का एक पत्ता और झड़ता है।]

आशी : चार...

लक्ष्य : *(बात बदलते हुए)* चाय इतनी अच्छी बनी है कि तुम चार कप चाय पिओगी?

आशी : मेरा मतलब था... खैर छोड़ो, कुछ नहीं।

लक्ष्य : तुम्हारा मतलब मैं समझ रहा हूँ, पर तुम भी तो मेरा मतलब समझो न।

आशी : और क्या है तुम्हारा मतलब?

[लक्ष्य आशी का चेहरा अपनी तरफ करता है।]

लक्ष्य : आशी, जैसा तुम सोच रही हो वैसा कुछ भी नहीं है। ये पतझड़ का मौसम है...

आशी : और पतझड़ के मौसम में पत्ते तो झड़ते ही हैं। फिर तुम क्यों इतना परेशान हो रहे हो?

लक्ष्य : क्योंकि मैं तुमसे बहुत प्यार करता हूँ।

आशी : लक्ष्य, मैं जानती हूँ कि तुम मुझसे बहुत प्यार करते हो। अगर तुम्हें भरोसा है कि उस बेल के सारे पत्ते झड़ जाने के बाद भी मुझे कुछ नहीं होगा, तो तुम्हें परेशान होने की कोई ज़रूरत ही नहीं है।

लक्ष्य : मैं पत्तों के झड़ने से नहीं, बल्कि तुम्हारा उन पत्तों को झड़ते हुए देखने से परेशान हूँ।

[तभी डोरबेल बजती है। लक्ष्य उठता है और जाकर दरवाज़ा खोलता है। डॉक्टर अंदर आती हैं।]

लक्ष्य : अच्छा हुआ डॉक्टर, आप आ गईं। इसे खुद नहीं पता कि ये क्या अजीब-अजीब बातें कर रही है। प्लीज़, आप ही इसे समझाइए।

डॉक्टर : तुम चिंता मत करो, मुझे रीता ने सब बता दिया है।

[डॉक्टर आशी को देखती हैं, आशी लगातार खिड़की के बाहर देखती रहती है। डॉक्टर भी एक बार खिड़की की तरफ देखती हैं, फिर अपना ब्रीफ़केस खोलकर पहले आशी का बुखार और फिर नब्ज़ चेक करती हैं।]

डॉक्टर : लक्ष्य, आशी ने रात की दवाई खाई है?

लक्ष्य : अभी तो नहीं।

[डॉक्टर अपने ब्रीफ़केस से एक इंजेक्शन निकालकर उसमें दवाई भरती हैं। डॉक्टर आशी को इंजेक्शन लगाती हैं और फिर ब्रीफ़केस से कुछ दवाइयाँ निकालकर लक्ष्य को देती हैं।]

डॉक्टर : आधे घंटे बाद ये कैप्सूल और उसके आधे घंटे बाद ये दवाई आशी को खिला देना। मैं कल सुबह फिर चेकअप के लिए आऊँगी।

लक्ष्य : जी, ठीक है।

[डॉक्टर लक्ष्य को अपने साथ आने का इशारा करती हैं। लक्ष्य उनका ब्रीफ़केस पकड़कर उनके साथ दरवाज़े तक जाता है।]

लक्ष्य : सब ठीक तो है डॉक्टर?

डॉक्टर : लक्ष्य, जब तक हम खुद अपनी मदद नहीं करते, तब तक कोई भी हमारी मदद नहीं कर सकता। अब आशी ने ये मान लिया है कि उस बेल के आखिरी पत्ते के झड़ने के साथ वो मर जाएगी, ऐसे में उसे बचा पाना बहुत मुश्किल होगा।

[लक्ष्य की आँखों में आँसू आ जाते हैं।]

लक्ष्य : प्लीज़ डॉक्टर, ऐसा मत कहिए। कोई तो दवा होगी? कोई तो इलाज होगा?

डॉक्टर : लक्ष्य, दवा भी है और इलाज भी है। लेकिन जब खुद में जीने की इच्छा न हो, तो कोई दवा, कोई दुआ असर नहीं करती। लक्ष्य... आशी में जीने की इच्छा खत्म हो चुकी है।

[लक्ष्य बड़ी बेबसी से आशी को देखता है। फिर जैसे उसे कुछ याद आया हो।]

लक्ष्य : डॉक्टर, मैं सोच रहा था कि अगर हम आज रात के लिए आशी को हॉस्पिटल में एडमिट कर दें तो?

डॉक्टर : *(समझाते हुए)* देखो लक्ष्य, अगर हम आज रात के लिए आशी को हॉस्पिटल में एडमिट करते हैं, तो

पहली बात वो मानेगी नहीं और अगर हमने ज़बरदस्ती करके उसे हॉस्पिटल में एडमिट कर भी दिया तो उसकी तड़प, उसकी बेचैनी और बढ़ जाएगी। इससे उसको फायदा कम और नुकसान ज़्यादा होगा। मनोवैज्ञानिक तौर पर आशी के लिए आज की रात इस घर में रहना बहुत ज़रूरी है।

लक्ष्य : *(रुंधे हुए गले से)* लेकिन डॉक्टर...?

[लक्ष्य रोने लगता है।]

लक्ष्य : मुझे कुछ समझ नहीं आ रहा कि क्या करूँ?

डॉक्टर : *(लक्ष्य के कंधे पर हाथ रखते हुए)* लक्ष्य, मैंने तुम्हें पहले भी कहा था, बात निमोनिया की है ही नहीं... डर तो किसी और बात का है... और मुझे लगता है कि आज रात तुम दोनों को उस डर का सामना करना चाहिए।

लक्ष्य : *(अपने आँसू पोंछते हुए)* जी डॉक्टर।

डॉक्टर : वैसे, मैंने उसे नींद का इंजेक्शन लगा दिया है। लेकिन मुझे नहीं लगता कि वो सोएगी।

[तभी बिजली कड़कने की आवाज़ के साथ बेल का एक पत्ता और झड़ता है।]

आशी : तीन...

[लक्ष्य और डॉक्टर आशी की तरफ देखते हैं।]

[धीरे-धीरे मंच पर अँधेरा हो जाता है।]

दृश्य-5

[बादलों की गड़गड़ाहट के साथ मंच पर रोशनी होती है। इस दृश्य में भी बिजली कड़कने की आवाज़ पत्ते के झड़ने का प्रतीक रहेगी। यह दृश्य भी फ्लैट के उसी ड्रॉइंग रूम का है। आशी सोफे पर तकिए के सहारे आधी लेटी और आधी बैठी हुई, खिड़की के बाहर बेल को ही देख रही है। आशी के पास ही सोफे के सहारे लक्ष्य नीचे बैठा हुआ है। आशी बेल को और लक्ष्य आशी को देख रहा है। लक्ष्य की आँखों में आँसू हैं। कुछ देर बाद आशी का ध्यान लक्ष्य पर जाता है।]

आशी : लक्ष्य।

लक्ष्य : हम्म?

आशी : तुम सो जाओ।

लक्ष्य : नहीं।

आशी : तुम मुझसे कितना प्यार करते हो?

लक्ष्य : बहुत।

आशी : तो तुम्हें मेरी कसम, सो जाओ।

लक्ष्य : आशी, तुम ऐसा क्यों कर रही हो?

आशी : समझ लो, ये हमारे प्यार की अग्निपरीक्षा है।

[लक्ष्य आशी को देखता है और आशी लक्ष्य को।]

लक्ष्य : तुम्हें लगता है कि मुझे नींद आएगी?

आशी : कोशिश करोगे तो ज़रूर आएगी।

लक्ष्य : ठीक है, मैं सोने की कोशिश करूँगा।

आशी : लेकिन उस कोशिश में ईमानदारी होनी चाहिए।

लक्ष्य : आशी, मैं तुमसे बहुत प्यार करता हूँ और तुम्हारी कसम मेरे लिए बहुत मायने रखती है। भले ही तुम्हारी नज़रों में मेरे प्यार की कोई कदर न हो।

आशी : ऐसा नहीं है लक्ष्य, मैं तुम्हारे प्यार की बहुत रिस्पेक्ट करती हूँ।

लक्ष्य : पर प्यार नहीं करती।

[आशी लक्ष्य को हैरानी से देखती है। लक्ष्य उठकर आशी के पास सोफे पर बैठ जाता है।]

लक्ष्य : मैं कोई नादान बच्चा नहीं हूँ आशी, जो इतना भी न समझ सकूँ कि तुम्हारा एक अतीत था। इतना तो मुझे शादी के बाद ही पता चल गया था। यहाँ इस घर में आने के बाद ये भी एहसास हो गया कि तुम्हारे उस अतीत का इस घर से कोई तो कनेक्शन है और शायद खिड़की के बाहर उस बेल से भी। वो कौन था, क्या था... न मैं जानना चाहता हूँ और न ही समझना। एक बात जो मैं जानता भी हूँ और समझता भी हूँ, वो ये कि उसने तुम्हारा दिल तोड़ा था, वरना तुम मुझसे शादी के लिए कभी हाँ नहीं करती।

आशी : लक्ष्य, इन सब बातों का अब कोई फायदा नहीं है।

लक्ष्य : वही तो मैं भी कहना चाह रहा हूँ कि उन सब बातों का अब कोई फायदा नहीं है।

आशी : लक्ष्य, मुझे लगता है कि अब तुम्हें सो जाना चाहिए।

लक्ष्य : और सब भूलकर तुम्हें नहीं सोना चाहिए?

आशी : आज रात नहीं।

[कुछ देर मंच पर खामोशी रहती है। लक्ष्य आशी की तरफ देखता रहता है और आशी बेल की तरफ। मंच पर पसरी खामोशी बिजली कड़कने की आवाज़ के साथ टूटती है और साथ ही एक और पत्ता झड़ता है।]

आशी : दो।

लक्ष्य : क्या दूँ?

आशी : कुछ नहीं।

[लक्ष्य खिड़की की तरफ देखता है और फिर घड़ी देखता है।]

लक्ष्य : दो से याद आया कि तुम्हारी दवाई खाने का वक्त हो गया है।

[लक्ष्य उठकर टेबल पर से आशी को दवाई देता है।]

आशी : प्लीज़ लक्ष्य, दवाई नहीं।

लक्ष्य : तुमने मुझे कसम खिलाई थी न, अब तुम दवाई खाओ।

आशी : *(मुस्कुराकर)* ठीक है।

[आशी दवाई खाती है।]

आशी : लक्ष्य, तुम्हारा सेंस ऑफ ह्यूमर बहुत कमाल है। मरने के बाद मैं तुम्हें बहुत मिस करूँगी।

[लक्ष्य आशी का हाथ अपने हाथ में लेता है।]

लक्ष्य : मैं तुम्हें मरने दूँगा, तब न! अगर तुम ज़िद्दी हो, तो मैं भी ढीठ हूँ।

[कुछ देर दोनों एक-दूसरे को देखते रहते हैं।]

[धीरे-धीरे मंच पर अँधेरा हो जाता है।]

दृश्य-6

[बादलों की गड़गड़ाहट के साथ मंच पर रोशनी होती है। इस दृश्य में भी बिजली कड़कने की आवाज़ पत्ते के झड़ने का प्रतीक रहेगी। यह दृश्य भी फ्लैट के उसी ड्रॉइंग रूम का है। लक्ष्य वहीं सोफे के सहारे बैठा सो रहा है। आशी खिड़की के पास खड़ी 'लिटिल हार्ट्स' वाले बिस्किट खाते हुए बेल को देख रही है।]

आशी : बीते हुए कल की राख,
फिर सुलगने लगी है,
दबा रखी थी जो आग,
अब सीने में जलने लगी है।
सबको लगता है,
मैंने महफ़ूज़ रास्ता चुन लिया,
पर किसी को क्या खबर...
मैंने खुद को कितना 'छल' लिया।।

एक कहानी थी,
जो शुरू होने से पहले ही मैंने मोड़ दी,
दुनिया की रस्मों के लिए,
एक डोर कच्ची ही तोड़ दी।
वो समझता रहा कि
मैं उसकी तक़दीर में नहीं,
पर वो क्या जाने...
क्यों मैंने अपनी लकीर ही छोड़ दी।।

आज वो नाम,
फिर इस दहलीज़ पर आ खड़ा है,
जिससे दूर रहने का फ़ैसला,
मेरी रूह से भी बड़ा है।
मैं 'तमन्ना' बन गई,
फ़र्ज़ की इस चारदीवारी में,
पर 'मेरी अभिलाषा' का वो पन्ना...
शायद आज भी वहीं पड़ा है।।

[आशी का ध्यान सोफे के सहारे सो रहे लक्ष्य की तरफ जाता है।]

आशी : वो सो रहा है बेखबर,
मैं उसे जगाना नहीं चाहती,
इस अनकहे दर्द का बोझ,
अब और उठाना नहीं चाहती।
ऐ हवा! तू ज़रा ज़ोर से चल,
इस आखिरी शाख को झकझोर दे...
ज़िंदगी के इस कच्चे धागे को,
अब मैं बचाना नहीं चाहती।

[आशी लक्ष्य के पास जाती है और बिस्किट टेबल पर रख देती है। आशी लक्ष्य के सिर पर अपना हाथ फेरती है और अपनी शॉल उतारकर उसे ओढ़ा देती है। आशी को प्यास लगती है, वह टेबल से पानी का गिलास उठाकर पानी पीती है। गिलास वापस टेबल पर रखकर आशी सोफे पर बैठ जाती है और खिड़की के बाहर बेल को देखने लगती है।]

[तभी कुछ देर बाद बिजली कड़कने की आवाज़ के साथ एक और पत्ता झड़ता है। साथ ही तेज़ बारिश भी शुरू हो जाती है। बारिश की आवाज़ लगातार सुनाई देती है।]

आशी : बस एक पत्ता...
मेरी रिहाई,
और मेरे बीच का फ़ासला है,
ये मेरा अंत नहीं,
मेरे हर दर्द का अंजाम है।
अब टूट कर गिर जाओ...
मेरे हर पतझड़ के गवाह,
इन थकी हुई आँखों को,
बस एक आखिरी नींद का इंतज़ार है।

[आशी को नींद के झोंके आने लगते हैं, पर वह सोना नहीं चाहती। कुछ देर वह अपनी नींद से लड़ती है। तभी बिजली कड़कने की एक ज़ोरदार आवाज़ होती है, जो आखिरी पत्ते के झड़ने का संकेत है। बिजली कड़कने की आवाज़ के साथ ही आशी भी सोफे पर गिर जाती है।]

[धीरे-धीरे पर्दा गिर जाता है।]

अंक-3

मेरी अभिलाषा

दृश्य-1

[बिना किसी आवाज़ के पर्दा उठने के साथ मंच पर सुबह की रोशनी होती है। यह दृश्य भी फ्लैट के उसी ड्रॉइंग रूम का है। सब कुछ वैसा ही है जैसा रात को था, बस तूफान अब थम चुका है और मौसम शांत है। कुछ देर मंच पर चारों तरफ सन्नाटा पसरा रहता है। कोयल के कूकने की आवाज़ के साथ सन्नाटा टूटता है। आशी की आँखें खुलती है। वह एक झटके से उठती है और खिड़की की तरफ देखती है।]

आशी : *(हैरानी से)* कमाल है... आखिरी पत्ता झड़ा नहीं? अभी भी है?

[आशी का ध्यान सोफे के सहारे सो रहे लक्ष्य पर जाता है। आशी लक्ष्य के सिर पर हाथ फेरती है।]

आशी : लक्ष्य... लक्ष्य... उठो और देखो।

[लक्ष्य हड़बड़ाकर जाग जाता है। उसे लगता है कि कुछ बुरा हुआ है। वह तुरंत बेल की तरफ देखता है। बेल पर आखिरी पत्ता अभी भी है। लक्ष्य राहत की साँस लेता है।]

आशी : तुम्हारे प्यार ने उस आखिरी पत्ते को नहीं झड़ने दिया। *(आँखों में आँसू लिए)* मैं बहुत बुरी हूँ न?

लक्ष्य : *(आँखों में आँसू लिए)* थोड़ी-सी।

आशी : नहीं, मैं बहुत बुरी हूँ। मैंने तुम्हें कितना तंग किया। लेकिन फिर भी तुम मुझ पर गुस्सा नहीं हुए और मेरा पागलपन सहते रहे।

[लक्ष्य ज़मीन से उठकर आशी के पास सोफे पर बैठ जाता है।]

लक्ष्य : तुमने ही तो कहा था कि ये हमारे प्यार की अग्निपरीक्षा है।

आशी : तो फिर इस अग्निपरीक्षा में सिर्फ तुम क्यों जले?

लक्ष्य : तुम मुझसे अलग हो क्या?

[दोनों कुछ देर एक-दूसरे को देखते हैं।]

आशी : नहीं।

[आशी की आँखों से आँसू बहने लगते हैं।]

लक्ष्य : *(आशी के आँसू पोंछते हुए)* जो होता है, अच्छे के लिए होता है। इसलिए सब भूल जाओ और समझ लो कि ये एक नई सुबह है।

आशी : इस सब में क्या अच्छा हुआ?

लक्ष्य : मैं हमेशा तुम्हारी आँखों में अपने लिए प्यार देखना चाहता था, जो मुझे कभी दिखाई नहीं दिया। लेकिन आज मैं तुम्हारी आँखों में अपने लिए उस प्यार को देख रहा हूँ। मेरे लिए इससे अच्छा और कुछ नहीं हो सकता।

[लक्ष्य की बातें सुनकर आशी इमोशनल हो जाती है और उसकी आँखों से आँसू बहने लगते हैं।]

आशी : आई लव यू...

लक्ष्य : आई लव यू टू...

[लक्ष्य एक पॉज़ लेता है और फिर आशी को हँसाने के लिए मस्ती करने लगता है।]

लक्ष्य : थ्री, फोर, फाइव, सिक्स, सेवन...

[आशी आँखों में खुशी के आँसू लिए हँसने लगती है।]

आशी : *(हँसते हुए)* लक्ष्य, तुम फिर शुरू हो गए?

लक्ष्य : एट, नाइन, टेन, इन्फिनिटी... आई लव यू इन्फिनिटी टाइम्स।

[आशी हँसने लगती है। लक्ष्य आशी को गले लगा लेता है और उसके माथे पर किस करता है। लक्ष्य की आँखों में खुशी के आँसू आ जाते हैं।]

[धीरे-धीरे मंच पर अँधेरा हो जाता है।]

दृश्य-2

[पक्षियों के चहचहाने की आवाज़ के साथ मंच पर रोशनी होती है। यह दृश्य भी फ्लैट के उसी ड्राइंग रूम का है। आशी सोफे पर बैठी हुई है और डॉक्टर उसका चेकअप कर रही हैं। लक्ष्य हमेशा की तरह पास ही खड़ा है।]

डॉक्टर : इट्स वेरी गुड आशी, अब तुम्हारा बुखार उतर गया है। *(लक्ष्य से)* डोंट वरी लक्ष्य, आशी अब ठीक हो रही है। *(आशी से)* पता है आशी, लक्ष्य तुमसे बहुत प्यार करता है।

आशी : *(बच्चों की तरह)* बहुत... *(लक्ष्य से)* अभी मैं ठीक हो जाऊँ, फिर मारम-पिट्टी खेलेंगे।

डॉक्टर : ये 'मारम-पिट्टी' क्या है?

[आशी शर्मा जाती है और लक्ष्य थोड़ा हिचकिचा जाता है।]

लक्ष्य : *(सोचते हुए)* कुछ नहीं... बस एक-दूसरे को मारना-पीटना।

डॉक्टर : तुम दोनों लड़ते-झगड़ते ही रहते हो या कभी प्यार-व्यार भी करते हो?

लक्ष्य : मैं तो करता हूँ, आप इससे पूछिए।

डॉक्टर : बताओ आशी?

आशी : *(मासूमियत से)* ये प्यार-व्यार क्या होता है...? मुझे तो बस... इसे पकड़कर कूटने का मन करता है। बहुत मिस-मिसी आती है इस पर!

लक्ष्य : देखा आपने? मुझे प्यार आता है और इसे मिस-मिसी आती है।

डॉक्टर : बाप रे! तुम दोनों भी न, राम मिलाई जोड़ी हो। अच्छा मैं चलती हूँ, तुम दोनों एक-दूसरे का ख्याल रखना।

लक्ष्य : थैंक्स डॉक्टर... आपने बहुत मदद की।

डॉक्टर : *(मुस्कुराकर)* वो तो मेरा फ़र्ज़ था।

[डॉक्टर जाने लगती हैं, लेकिन दरवाज़े के पास रुक जाती हैं।]

डॉक्टर : *(जाते-जाते)* और हाँ... मारम-पिट्टी अभी कुछ दिन के लिए अवॉइड करना।

[लक्ष्य और आशी को कुछ समझ नहीं आता कि क्या कहें।]

लक्ष्य : *(थोड़ा हिचकिचाते हुए)* जी...

[डॉक्टर मुस्कुराकर चली जाती हैं।]

[घड़ी की सुइयाँ तेज़ी से चलने लगती हैं, जो टाइम-लैप्स का प्रतीक है।]

[धीरे-धीरे मंच पर अँधेरा हो जाता है।]

दृश्य-3

[घड़ी की सुइयाँ तेज़ चलने की आवाज़ के साथ (जो टाइम-लैप्स का प्रतीक है) मंच पर रोशनी होती है। यह दृश्य भी फ्लैट के उसी ड्रॉइंग रूम का है। आशी सोफे पर बैठी मैगज़ीन पढ़ रही है।]

आशी : *(आवाज़ देते हुए)* लक्ष्य... मुझे भूख लगी है।

लक्ष्य : *(नेपथ्य से)* बस आया, मेरी बाबू-सोना।

[लक्ष्य रसोई से एक ट्रे लेकर आता है।]

आशी : क्या बनाया है?

लक्ष्य : *(आते हुए)* दलिया।

आशी : दलिया?

[लक्ष्य आशी के पास सोफे पर बैठ जाता है।]

लक्ष्य : डॉक्टर ने तुम्हें यही देने के लिए कहा है।

आशी : आई लव दलिया।

[आशी लक्ष्य से दलिया लेकर खाने लगती है।]

आशी : *(बच्चों की तरह)* हम्म... यम्मी।

लक्ष्य : सच्ची?

[आशी 'हाँ' में सिर हिलाती है।]

लक्ष्य : गलती से यम्मी बन गया होगा, वरना मेरा ऐसा कोई इरादा नहीं था।

[आशी चम्मच में दलिया लेकर लक्ष्य के मुँह के पास ले जाती है।]

आशी : खाकर देखो...

[लक्ष्य दलिया खाने के लिए मुँह खोलता है, लेकिन आशी खुद ही खा लेती है।]

लक्ष्य : अब नहीं छोड़ूँगा।

आशी : एक मिनट!

[आशी दलिया की कटोरी लक्ष्य को पकड़ा देती है।]

आशी : पहले पकड़ो तो सही।

[लक्ष्य को मुँह चिढ़ाकर आशी दाईं ओर के पीछे वाले कमरे में भाग जाती है, जो उनका अपना कमरा है।]

लक्ष्य : *(दर्शकों से)* अब तो बिल्कुल नहीं छोड़ूँगा... तबीयत भी ठीक हो गई है।

[दलिया की कटोरी टेबल पर रखकर लक्ष्य, आशी के पीछे भागता है।]

[धीरे-धीरे मंच पर अँधेरा हो जाता है।]

दृश्य-4

[कौवे की काँव-काँव के साथ मंच पर रोशनी होती है। आज भी मौसम साफ है, लेकिन तेज़ हवा चल रही है। तेज़ हवा चलने की आवाज़ सुनी जा सकती है। यह दृश्य भी फ्लैट के उसी ड्रॉइंग रूम का है। आशी टहलते हुए अपने डायलॉग याद कर रही है।]

आशी : *(अपने आप से)* मुझे ठीक हुए एक हफ्ता हो गया... लेकिन रीता एक बार भी मुझसे मिलने नहीं आई। शायद वो मुझसे नाराज़ है। कोई बात नहीं... आने दो उसे, पहले तो सॉरी बोलूँगी और फिर लड़ूँगी। हाँ नहीं तो... ये भी कोई बात है, मिलने ही नहीं आ रही।

[कुछ देर बाद रीता दरवाज़े से अंदर आती है। रीता का चेहरा उतरा हुआ है, आँखों में एक अजीब-सा खालीपन है। उसके हाथ में एक पैकेट और एक लेटर है, जिसे उसने कसकर पकड़ा हुआ है।]

रीता : *(फीकी आवाज़ में)* तू ज़िंदा है अभी? मरी नहीं?

आशी : मरें मेरे दुश्मन। मैं क्यों मरूँ?

[रीता थोड़ा आगे खिड़की के पास जाती है।]

रीता : *(खिड़की की तरफ बेल को देखते हुए)* अच्छा, आखिरी पत्ता अभी झड़ा नहीं... इसलिए?

आशी : मेरी ज़िन्दगी किसी पत्ते की मोहताज़ नहीं है।

रीता : *(एक दर्द भरी व्यंग्य मुस्कान के साथ)* बड़ी जल्दी समझ आ गया तुझे?

आशी : *(पीछे से रीता को पकड़कर)* आई एम सॉरी रीता, मैं जानती हूँ कि तू मुझसे नाराज़ है। मैंने तुम सबको बहुत तंग किया न?

[आशी अपने कान पकड़कर रीता से माफी मांगती है।]

आशी : माफ कर दे न यार।

[रीता खामोश रहती है।]

आशी : अच्छा ठीक है, अगर तू मुझे माफ कर देगी न, तो मैं आज ही चाचाजी से तेरे और इनेश के बारे में बात करूँगी। अगर चाचाजी नहीं माने तो मैं खुद तेरी और इनेश की शादी करवाऊँगी... पक्का।

[इनेश का नाम सुनते ही रीता की आँखों में आँसू भर आते हैं, वह अपना चेहरा खिड़की की तरफ घुमा लेती है।]

आशी : माफ कर देना यार, प्लीज़।

रीता : *(अपने आँसू पोंछते हुए भारी आवाज़ में)* तुझे कुछ हैरानी नहीं हो रही आशी?

आशी : क्या?

रीता : बाहर इतनी तेज़ हवा चल रही है और वो पत्ता हिल भी नहीं रहा।

[आशी उस आखिरी पत्ते को बहुत ग़ौर से देखती है।]

आशी : *(हैरानी से)* अरे हाँ, मैंने तो ध्यान ही नहीं दिया। ऐसा लग रहा है जैसे दीवार पर चिपक गया है।

रीता : तुझे शक था न कि इनेश अपने जीवन की सबसे शानदार पेंटिंग कभी नहीं बना सकता? उस पत्ते को ग़ौर से देख आशी। इनेश ने अपने जीवन की सबसे शानदार पेंटिंग उस रात बनाई, जब वो आखिरी पत्ता

भी झड़ गया था। वो कोई पत्ता नहीं... बल्कि दीवार पर इनेश की बनाई हुई पेंटिंग है।

आशी : *(खिड़की की तरफ जाते हुए हैरानी से)* क्या?

[मंच पर अँधेरा हो जाता है, सिर्फ खिड़की के पास आशी और रीता पर रोशनी रहती है।]

रीता : उस तूफानी रात में इनेश ने सारी रात भीगकर तेरे लिए उस पत्ते को बनाया।

[मंच के दाईं ओर, आगे की तरफ एक कोने में स्पॉटलाइट जलती है। इनेश अपने कैनवास पर एक पेंटिंग बना रहा है। यह दृश्य आशी और रीता को नहीं दिख रहा, यह केवल दर्शकों के लिए है।]

रीता : इनेश पूरे हफ्ते बीमार रहा, उसे भी निमोनिया हो गया था।

आशी : तो तूने मुझे या लक्ष्य को बताया क्यों नहीं?

रीता : मुझे भी कहाँ पता था... और जब पता चला, तब तक बहुत देर हो चुकी थी। इनेश अपना इलाज नहीं करवा रहा था... शायद अब वो जीना नहीं चाहता था। *(रीता की आवाज़ टूट जाती है)* आज सुबह... आज सुबह उसने दम तोड़ दिया। जीजू उसके अंतिम संस्कार में गए हैं।

[आशी को एकदम झटका लगता है और वह वहीं फर्श पर बैठ जाती है। स्पॉटलाइट में खड़ा इनेश पेंटिंग बनाता रहता है।]

आशी : *(रोते हुए)* ये तू क्या कह रही है रीता?

रीता : वही जो तू सुन रही है। दीवार पर लगा बेल का वो पत्ता, पत्ता नहीं बल्कि इनेश के द्वारा बनाई उसकी

उत्कृष्ट कलाकृति है। बेल का आखिरी पत्ता तो उस तूफानी रात में ही झड़ गया था।

[रीता उस पैकेट और लेटर को अपने सीने से लगाती है, जैसे उसे देने का मन न हो, फिर हिम्मत करके आशी की तरफ बढ़ाती है।]

रीता : मरने से पहले... इनेश ने मुझे, ये तुझे देने के लिए कहा था।

[आशी उठती है और काँपते हाथों से वह पैकेट और लेटर रीता से लेती है। रीता लेटर देने के बाद तुरंत खिड़की की तरफ मुड़ जाती है और बहुत खामोशी के साथ दीवार पर बने उस पत्ते को देखने लगती है।]

[आशी लेटर खोलते हुए मंच के बीच में आ जाती है और एक स्पॉटलाइट उस पर भी जलती है। अब मंच पर तीन स्पॉटलाइट जल रही हैं, एक खिड़की के पास रीता पर, एक मंच के बीच में, टेबल के आगे आशी पर और एक दाईं ओर, आगे की तरफ इनेश पर।]

[आशी लेटर खोलकर पढ़ना शुरू करती है। इनेश पेंटिंग बनाता रहता है और मंच पर उसका वॉइस ओवर गूँजता है।]

इनेश : आशी, जब तुम्हें ये चिट्ठी मिलेगी तब तक मैं इस दुनिया में नहीं रहूँगा। जाने से पहले मैं तुम्हें अपना एक राज़ बताना चाहता हूँ। तुम्हें याद होगा, तुम मुझसे हमेशा लड़ती थीं कि मैं सिर्फ तुम्हारी पेंटिंग्स क्यों बनाता हूँ? दरअसल, तुम्हारी पेंटिंग्स बनाते समय मैं तुममें 'तुम्हें' नहीं... बल्कि अपनी ड्रीम पेंटिंग की

नायिका 'अभिलाषा' को देखता था। मैंने कभी कहा नहीं... पर तुम ही 'मेरी अभिलाषा' हो।

[आशी रोते हुए वहीं स्पॉटलाइट में बैठ जाती है।]

आशी : *(रोते हुए)* मैं भी तुम्हारी 'अभिलाषा' बनना चाहती थी?

इनेश : मुझे माफ कर देना, तुम्हारी इजाज़त के बिना मैंने तुम्हारी पेंटिंग उस वक्त बनाई जब तुम खिड़की के पास खड़ी आखिरी पत्ते के झड़ने का इंतज़ार कर रही थीं।

[इस दौरान रीता खिड़की के बाहर उस 'पत्ते' को एकटक देखती रहती है। रीता धीरे से अपना हाथ खिड़की के शीशे पर रखती है, जैसे उस पत्ते को छूने की कोशिश कर रही हो।]

इनेश : आशी, तुम्हारी ज़िन्दगी सिर्फ तुम्हारी ज़िन्दगी नहीं है... बल्कि ये एक अमानत है उन लोगों की जो तुमसे बहुत प्यार करते हैं। इसलिए इस ज़िन्दगी की कदर करना सीखो। जो वक्त हमने साथ बिताया... वो कुछ हसीन यादें हैं और उन पर सिर्फ मेरा हक है, तुम्हारा नहीं। इसलिए उन यादों को मैं अपने साथ लेकर जा रहा हूँ। अगर हो सके तो मुझे कुछ इस तरह भुला देना, जैसे मैं कभी तुम्हारी ज़िन्दगी में था ही नहीं।

[स्पॉटलाइट में खड़ा इनेश अपनी पेंटिंग पूरी करके मुस्कुराता है, जैसे उसे सुकून मिल गया हो।]

इनेश : लक्ष्य मेरा सबसे अच्छा दोस्त है, उसका ख्याल रखना और हमेशा खुश रहना। ये मेरी आखिरी ख्वाहिश है और मुझे पूरी उम्मीद है कि तुम मेरी आखिरी ख्वाहिश को ज़रूर पूरा करोगी। अलविदा...

[आशी फूट-फूटकर रोने लगती है और रोते-रोते उस पैकेट को खोलती है। उसमें से इनेश के द्वारा लिखे 'मेरी अभिलाषा' महाकाव्य की किताब निकलती है, जिसका कवर पेज इनेश की ड्रीम पेंटिंग है।]

[स्पॉटलाइट में इनेश अपना ब्रश नीचे रखता है और कैनवास दर्शकों की तरफ घुमा देता है। कैनवास पर बनी पेंटिंग और किताब का कवर पेज सेम होता है। इनेश एक आखिरी बार आशी की तरफ देखकर मुस्कुराता है और धीरे-धीरे अँधेरे में ओझल हो जाता है।]

[मंच पर आशी किताब को सीने से लगाकर रो रही है और रीता खिड़की के पास खड़ी सिसक रही है। बाहर तेज़ हवा चलने की आवाज़ कहीं खो जाती है। धीरे-धीरे मंच पर अँधेरा होता है और पर्दा गिर जाता है।]

– समाप्त –

इनेश का मनोगत

(पेंटिंग बनाते समय)

ये हवा... ये बारिश... और ये पतझड़।
कभी हमें साथ लाता है और कभी अलग कर देता है।
आशी, याद है तुम्हें...?
पहली बार हम कहाँ और कैसे मिले थे?

तुम स्कूल जाने के लिए तैयार, चाचाजी की बेकरी पर 'लिटिल हार्ट्स' वाले बिस्किट लेने का इंतज़ार कर रही थीं। मैं पास ही एक कोने में बारिश से बचने के लिए खड़ा था, चुपचाप... बस ये सोचता हुआ कि काश मेरे पास कुछ पैसे होते... तो मैं भी खाने के लिए ये बिस्किट खरीद लेता।

फिर तुम्हारी नज़र मुझ पर पड़ी और तुमने मुझे एक बिस्किट खाने के लिए दिया। वैसे तो मैं किसी से कुछ लेता नहीं था, पर पता नहीं क्यों... शायद तुमने दिया था, इसलिए बिस्किट ले लिया। तुम्हारी वो मुस्कान मुझे आज भी याद है। उस दिन लगा जैसे मैं इस दुनिया में अकेला नहीं हूँ... कोई है, जिसे मैं अपना कह सकता हूँ। उस दिन मेरी छोटी-सी दुनिया अचानक बड़ी हो गई थी।

हम अक्सर स्कूल जाने से पहले चाचाजी की दुकान पर एक-दूसरे का इंतज़ार करने लगे। कभी सोचा नहीं था कि 'लिटिल हार्ट्स' के बिस्किट... और बिना दूध की अदरक वाली चाय... एक दिन हमारी दुनिया बन जाएंगे।

फिर... एक दिन हमने इस बेल को लगाया था। याद है...? हमने कहा था– "जैसे-जैसे ये बेल बढ़ेगी... हमारी दोस्ती और हमारा प्यार भी बढ़ेगा, हम हमेशा साथ रहेंगे।" लेकिन किस्मत में तो कुछ और ही लिखा था। कुछ ही समय बाद... तुम्हारे पापा का ट्रांसफर बनारस हो गया। और तुम... अपने पूरे परिवार के साथ बनारस चली गईं।

तुम्हारे जाने के बाद... सब कुछ जैसे खाली हो गया था। दिल्ली में अब मेरा मन नहीं लगता था, इसलिए कॉलेज के लिए मैं मुंबई चला गया... और वहाँ एक सच्चे दोस्त के रूप में मुझे लक्ष्य मिला। दोस्त क्या... समझो भाई ही मिल गया। हम साथ कॉलेज गए, रूम शेयर किया और न जाने कितनी यादें साथ बाँटीं।

फिर एक दिन... कॉलेज के कैंपस में मैंने तुम्हें देखा। तुम अचानक मेरे सामने थीं... पहले लगा शायद कोई सपना है, फिर लगा जैसे ज़िंदगी हमें एक और मौका दे रही है। लेकिन शायद... तब तक बहुत देर हो चुकी थी। तुम पास होकर भी... मुझसे बहुत दूर जा चुकी थीं। मैं तुम्हें दूर से चुपचाप देखा करता था।

एक दिन... लक्ष्य ने मुझसे कहा कि उसे किसी से प्यार हो गया है। उसकी आवाज़ में जो खुशी थी... वो मैंने पहले कभी नहीं सुनी थी। जब उसने नाम बताया... तो समझ नहीं आया कि अपनी किस्मत पर हँसूँ... या रोऊँ। वो तुम थीं... उसकी 'तमन्ना'।

उस दिन मुझे समझ आ गया कि... मेरी 'अभिलाषा'... अब सिर्फ़ मेरे दिल में ही रहेगी। और मैं तुम्हारी ज़िंदगी से दूर चला गया।

कभी सोचा भी नहीं था कि हम फिर आमने-सामने होंगे, लेकिन समय का चक्र... घुमा-फिराकर इंसान को वहीं ले आता है... जहाँ से उसकी कहानी शुरू हुई थी।

वही घर, वही बेल और वही पतझड़... लेकिन अब... अब मुझे फिर से जाना होगा। इस बार शायद... हमेशा के लिए। क्योंकि सच तो ये है आशी, कि अब तुम लक्ष्य की 'तमन्ना' हो... मेरी 'अभिलाषा' नहीं।

अभिलाषा तो शायद...
बस मेरे दिल में धड़कने के लिए ही बनी थी।
लेकिन एक बात याद रखना...
मैं तुमसे प्यार करता था...
करता हूँ...
और हमेशा करता रहूँगा।

लो... ये पत्ता पूरा हुआ।
अब न ये पत्ता झड़ेगा... और न ये बेल खत्म होगी।
और... अब तुम भी नहीं।

शायद ये पत्ता ही... मेरी ज़िंदगी की सबसे उत्कृष्ट कलाकृति है।

तुम मेरी क्या हो?

तुम मेरी क्या हो?
पूछता हूँ मैं यह निरंतर–
कभी स्वयं से,
कभी उन मौन दीवारों से
जो मेरे एकांत की साक्षी बनती हैं,
और सब कुछ देखकर भी
अपने भीतर कोई उत्तर नहीं देतीं।

कभी वह धड़कन हो
जो अचानक बिना कारण तेज़ हो जाती है,
जैसे भीतर
कोई अनजाना तूफ़ान उठ रहा हो।
कभी वह आहट हो
जो सुनाई तो देती है,
पर हर बार मुड़ने पर
केवल नीरवता छोड़ जाती है।

तुम मेरी क्या हो?
कभी वह धुंधली परछाई हो
जो बंद पलकों के पीछे
धीरे-धीरे रंग भरती है–
मानो मेरे जीवन के अँधेरे कैनवास पर
कोई उजली रेखा उभर रही हो।

कभी वह सपना हो
जो हर रात आँखों में उतरकर
सत्य और कल्पना की सीमाएँ मिटा देता है,
या वह धागा हो,
जो जागते पलों को भी
सपनों के जाल में बाँध देता है।

तुम मेरी क्या हो?
कभी वह अधूरा वाक्य हो
जिसमें असंख्य भाव छिपे रहते हैं
पर अधरों तक आकर ठहर जाते हैं,
फिर भी हृदय की धड़कनों में,
वही अधूरा वाक्य
बार-बार गूँजता रहता है।

कभी वो धुंधला आईना हो,
जिसमें चेहरा तो दिखता है,
पर लकीरें स्पष्ट नहीं होतीं,
और जो देखने वाले को
अपना ही प्रतिबिंब लौटा देता है,
पर बीच की दरारें
हर सच्चाई को टुकड़ों में बाँट देती हैं।

तुम मेरी क्या हो?
कभी वह अधूरी रागिनी हो
जो वीणा के तारों पर थरथराती तो है,
पर पूरा सुर बनने से पहले
मौन में विलीन हो जाती है।

तुम मेरी क्या हो?
कभी वह पुच्छल तारा हो
जो अनंत आकाश पर
क्षण भर में एक गाथा लिख जाता है,
और पीछे छोड़ जाता है
अनगिनत प्रश्नों की गूँज।

कभी वो खोया हुआ पन्ना हो
जो किताब में कहीं दबा रह जाता है,
न कोई उसे पलट पाता है,
न कोई पढ़ पाता है,
पर उसके बिना पूरी गाथा
हमेशा अधूरी ही लगती है।

तुम मेरी क्या हो?
कभी तपते सीने पर बरसती कोई ठंडी बूँद हो,
कभी बंजर धरती पर जन्मा अनजान अंकुर।
कभी लगता है तुम आकाश की अनंत नीलिमा हो,
तो कभी लगता है तुम समुद्र की अतल गहराई हो?

हर उत्तर एक नया प्रश्न बन जाता है,
हर प्रश्न एक नए उत्तर की राह निकल जाता है,
जितना खोजता हूँ, उतना ही उलझ जाता हूँ।

मेरे हर अनसुलझे प्रश्न का उत्तर हो तुम,
मेरे जीवन की अधूरी कहानी हो तुम,
मेरी अभिलाषा हो तुम।

– मेरी अभिलाषा से...

मेरी अभिलाषा

(इनेश की ड्रीम पेंटिंग)

Image Available on: www.facebook.com/AakhiriPatjhad
www.facebook.com/MeriAbhilashaMahakavya

पहले मंचन की कुछ यादें...

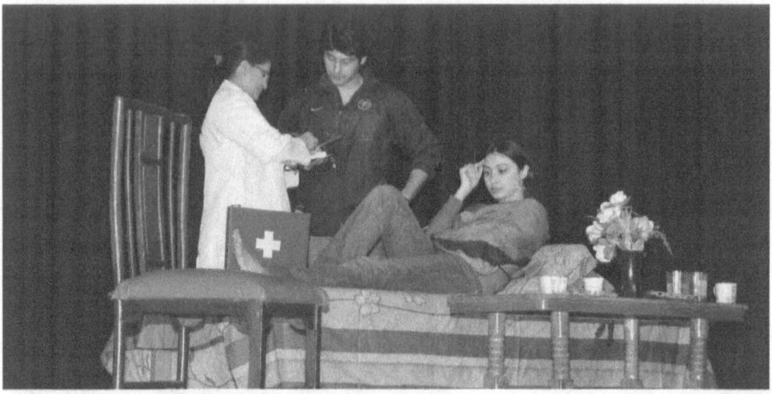

त्याग की आग में तपकर सच्चा होता है प्रेम

* निश्चल प्रेम का उदादरण है नाटक आखिरी पतझड़

पीएसके में निर्देशक विरल आर्य द्वारा लिखित नाटक आखिरी पतझड़ का एक दृश्य।

पूर्वी दिल्ली, जागरण संवाददाता : रंगमंच कलाकार जीवन के विभिन्न रंगों को मंच के कैनवास पर उतार कर लोगों का मनोरंजन करते हैं। प्रेम, विरह, रंजिश जैसी सभी संवेदनाओं को अपने अभिनय से जीवंत कर देते हैं। लेकिन जीवन के हर पहलू से हमें रूबरू कराने वाला कलाकार कभी-कभी खुद बेरंग हो जाता है। झंझावातों में घिरे होने के बावजूद वह अपने प्रिय को मुसीबतों से बचा लाता है। इस मर्म को स्पर्श करती विरल आर्य निर्देशित आखिरी पतझड़ की मर्मस्पर्शी कहानी लोगो को जीवन की नई राह दिखा जाती है। कहानी तीन दोस्तों की है। जो सदा एक-दूसरे की मदद करने का वादा करते हैं, लेकिन किस्मत उन्हें बुरी तरह परास्त कर देती है। नियति के आगे उन्हें झुकना पड़ता है और उनका साथ हमेशा के लिए छूट जाता है।

पूर्वा सांस्कृतिक केंद्र में भाव आर्ट्स की ओर से त्रिकोणीय प्रेम कहानी पर आधारित शीर्षक आखिरी पतझड़ नाटक का मंचन हुआ। हालांकि नाटक अंग्रेजी के लेखक ओ हेनरी लिखित द लास्ट लीफ से प्रेरित है। बावजूद इसके विरल आर्य ने इसे आधुनिक रूप देने का सराहनीय प्रयास किया है। नाटक चार किरदारों ईनिश, आशी, रीता व लक्ष्य पर आधारित है। इन किरदारों को गरिमा, आयुष, सन्नी, नुपूर व सीमा ने बखूबी निभाया। आशी, लक्ष्य व ईनिश एक ही कॉलेज में पढ़ते थे। ईनिश आशी को पसंद करता था, लेकिन उसे पा नहीं सका। लक्ष्य की शादी आशी से हुई और इनेश इनकी दुनिया से दूर चला गया। सालों बाद ईनिश आशी के सामने आया। एक बार फिर बिछड़ी प्रेम कहानी अपनी राह चल पड़ी। पतझड़ में पेड़ों से गिरते पत्तों की तरह अपनी जिंदगी के आखिरी दिन गिनती आशी को जिंदगी की आस नहीं रहती। जैसे-जैसे शाख से पत्ते कम होते गए आशी भी अपने अंतिम दिन गिनने लगी। भारी बारिश व आंधी तूफान के बीच जब आशी आखिरी पत्ता गिरने का इंतजार करते-करते सो गई। तो, लक्ष्य को लगा कि अब वह अकेला रह जाएगा। अगले दिन भी शाख पर एक पत्ता टिका देख आशी के जीवन को चेतना मिल गई। वह पत्ता ईनेश ने अपनी जान खोकर तैयार किया था। प्रेम के इस बलिदान से इंनेश ने सच्चे व निश्चल प्रेम का अद्भुत उदाहरण दुनिया के सामने पेश किया।

अमर उजाला | यूथ एक्सप्रेस 8

गिर गया 'पतझड़' का आखिरी पता

पूर्वी दिल्ली। प्रेमिका की जिंदगी बचाने के लिए चित्रकार बरसाती रात में भीगता हुआ पत्ते का चित्र बनाता रहा। प्रेमिका की जिंदगी तो बच गई लेकिन निमोनिया उस चित्रकार को लील गया। वही पत्ता उस चित्रकार की मास्टर पीस पेंटिंग बन गई। अब जब भी प्रेमिका उस पत्ते को देखती तो उसमें उसे अपने ठुकराए हुए प्रेमी का बलिदान ही नजर आएगा। ओ हेनरी की अंग्रेजी लघु कथा 'दि लास्ट लीफ' से प्रेरित नाटक आखिरी पतझड़ का मंचन विरल आर्य के निर्देशन में शुक्रवार शाम पूर्व सांस्कृतिक केंद्र में किया गया। नाटक का आयोजन तनजिल आर्ट एंड फिल्म एसोसिएशन ने किया। नाटक विरल आर्य ने बताया कि नाटक पतझड़ व एक लड़की की कहानी है। नाटक की बीमार नायिका अपनी जिंदगी को पतझड़ में पत्ते गिरा रहे पेड़ से जोड़ कर देखने लगती है। उसके मन में यह विचार घर जाती है कि पेड़ के आखिरी पत्ते के साथ यह पतझड़ उसकी भी जिंदगी को खत्म कर देगा।

अमर उजाला

www.ingramcontent.com/pod-product-compliance
Lightning Source LLC
LaVergne TN
LVHW100323210926
848480LV00003B/1237